Romesh Gunesekera
Riff

Romesh Gunesekera

Riff

Aus dem Englischen von
Giò Waeckerlin Induni

Unionsverlag

Die englische Originalausgabe erschien 1994
unter dem Titel *Reef*
bei Granta Books, London.

© by Romesh Gunesekera 1994
© by Unionsverlag Zürich 1996
Rieterstrasse 18, CH-8059 Zürich, Telefon 01-281 14 00
Alle Rechte vorbehalten
Umschlaggestaltung: Heinz Unternährer, Zürich
Umschlagfoto: Jeffrey L. Rotman
Druck und Bindung: Ebner Ulm
ISBN 3-293-00225-0

Helen

Sein Gebein wird zu Korallen.

William Shakespeare,
Der Sturm

Ich danke dem *Arts Council of Great Britain* für ein
Autorenstipendium und der *British Library*, die mir
ihren Forschungsapparat zur Verfügung stellte.

Mein besonderer Dank gilt all jenen, die mir persönlich
auf so vielfältige Weise dabei geholfen haben,
zu entdecken und zu schreiben, dort wie hier.

R. G.

Inhalt

Blende

Das Tankstellenareal war ausgestorben. Bloß mein alter roter Volkswagen, der Mister Salgado gehört hatte, stand neben der Zapfsäule. Ich schraubte den Einfüllstutzen auf und füllte den Tank bis obenauf, wie er es mir gezeigt hatte. Dämpfe quollen in die frostige Nachtluft. Dann trug ich den Kilometerstand in ein kleines Notizbuch ein, die Füllmenge und das Datum, und ging zur Kasse.

Die Tür war abgeschlossen, doch hinter dem bruchsicheren Schalterglas tauchte ein Gesicht auf, das mein Spiegelbild hätte sein können. Ich schob das Geld über den Zahltisch und fragte den Mann, ob er aus Sri Lanka komme. Er lächelte schüchtern und nickte, während er auf den Tasten der elektronischen Registrierkasse herumdrückte. Sie rührte sich nicht. Er schlug mit der flachen Hand auf das Gehäuse und lächelte mir wieder zu. »Warten, warten«, sagte er. Er rüttelte an der Kasse und schaute unter die Theke.

Ich fragte, was los sei.

Er schüttelte den Kopf, fegte einen Stoß Papier zur Seite und schob die Kasse hin und her. Erfolglos. »Eine Minute«, sagte er. »Warten!« Er trat ein paar Schritte zurück und hob den Telefonhörer ab. Ein Stück Pappe mit ein paar von Hand geschriebenen Telefonnummern war gleich daneben mit Reißzwecken an der Wand befestigt. Doch dann warf er mir einen Blick über die Schulter zu und legte auf.

Ich sagte zu ihm, er solle den steckenden Kassenschlüssel umdrehen. Das müßte doch gehen. Ich versuchte, mich in Sinhala mit ihm zu verständigen, doch er schüttelte bloß den Kopf. Die falsche Sprache. »Tamil, Tamil. *English only little*«, sagte er lispelnd.

»Sir, hereinkommen, bitte!« Er eilte zur Tür und schloß auf. »Bitte! Bitte!«

Ich trat ein. Er ging vor mir her zu seiner verglasten Koje. Er hob den aufklappbaren Schaltertisch und drückte mich auf den Stuhl neben der Kasse. »Meine erste Nacht«, sagte er. Er hob erneut den Hörer ab. »Du sprechen, bitte.«

»Mit wem?«

»Boß. Er mich nicht verstehen. Du sprechen, bitte. Du wissen, bitte.« Er zeigte auf die Kasse und zuckte die Achseln. Er machte die Außenlichter aus, doch die Autos bogen trotzdem ein und verschwanden wieder; die Lichtkegel ihrer Scheinwerfer kurvten durch das Fenster wie Leuchtfeuer. Er zuckte jedesmal zusammen.

»Wie lange bist du schon hier? In England?« fragte ich.

»Jetzt schlimmer Krieg dort unten. Ich in Silavaturai zu Hause, du kennen?« Er lächelte gezwungen.

Vor mir tauchte ein Perlenmeer auf. Einst ein Taucherparadies. Jetzt ein Grenzland für Waffenschmuggler in einer Kampfzone voller Armeelager und *Tigers*.

»Du nicht weit weg wohnen?« fragte er hoffnungsvoll.

Ich sagte ihm, ich besäße ein Geschäft ganz in der Nähe, ein Eßlokal.

Er atmete tief die kalte Nachtluft ein. »Du also schon lange, lange hier?«

Ich nickte. Seit über zwanzig Jahren: eine lange, vor der Vergangenheit geschützte Zeit.

»Mit nichts angefangen?« fragte er, als ob diese Frage seine Hoffnung wahr werden ließe. Auch er hing einem Traum nach.

Ein Betrunkener torkelte in der Dunkelheit auf uns zu und begann auf die Glasscheibe einzuhämmern. Jeder Atemzug schien mit Benzin getränkt zu sein. Ich hätte am liebsten die Augen geschlossen und mir ein warmes Meer vorgestellt und den vertrauten Salzgeruch in der Luft. Was tat ich überhaupt hier? Ich und mein junger Flüchtling mit seiner flackernden Registrierkasse? Er betätigte einen anderen Schalter, und das Licht in der Koje ging aus.

Dann, als am Himmel die Sterne aufleuchteten, tauchte in meiner Erinnerung ein Haus mit einer luftigen Veranda auf – sechstausend Meilen weit entfernt.

I

KOLLA

Mister Salgado ist ein Gentleman, ein echter Gentleman. Du mußt alles tun, was zum Teufel er dich auch heißt.« Mein Onkel zog an meinem Ohr. »Hast du verstanden, *kolla*? Einfach gehorchen!« Ich war elf Jahre alt. 1962 war das gewesen: im Jahr des gescheiterten Staatsstreichs. Mein Onkel begleitete mich in ein Haus in einer Stadt, in der ich zuvor noch nie gewesen war.

Die zwei Säulen an der Vorderseite des Hauses tauchten in die weißen Jasminsträucher und ein rotes Blumenmeer. Die Fensterfront und die große Veranda dazwischen waren durch windschiefe modriggrüne Schilfjalousien abgeschirmt, die stellenweise ausgefranst und mit Vogelkot bekleckst waren. Darüber ringelten sich die rotbraunen Dachziegel. Ein riesiger, mit kleinen Flammenblüten gesprenkelter Niaulibaum überschattete den Garten.

Mein Onkel führte mich durch einen Seiteneingang in den rückwärtigen Teil des Hauses.

Eine Tür, an der eine lange, graue Metallfeder befestigt war, fiel quietschend hinter uns ins Schloß. Eine runzlige alte Frau saß auf einem Holzschemel und wärmte die Füße in der Sonne. Sie schaute auf. »Schon wieder da?« sagte sie zu meinem Onkel. »Was soll das ständige Kommen und Gehen?« Ihr Mund zog sich über dem leeren Zahnfleisch zusammen.

Mein Onkel sagte, wir seien gekommen, um Mister Salgado zu sprechen.

Sie stand blinzelnd auf. »Muß fragen«, brummte sie und entfernte sich langsam in Richtung der vorderen Räume.

Wir setzten uns auf den Fußboden und warteten. Mein mißhandeltes Ohr glühte. Als die Sonne hinter den Giebeln unterging, wurden wir gerufen.

»Ko?« rief eine Stimme von irgendwoher aus der Tiefe des Hauses. »Wo?« Die glasklare Silbe hallte. Die letzten Lichtstrahlen zuckten zwischen den Bäumen. Mein Onkel schob mich vor sich her: »Gehen wir!«

Mister Salgado sagte zuerst nichts. Da mein Onkel ebenfalls ein wortkarger Mann war, schwiegen sie beide eine ganze Weile, nickten einander bloß zu wie in der Luft hängende Marionetten. Schließlich deutete Mister Salgado mit dem Kinn auf mich: »Das ist also der Junge?«

»Ja, das ist der Junge.« Mein Onkel verlegte sein Gewicht von einem Bein aufs andere und lehnte sich mit der Schulter an die Wand. Die eine Hand suchte Halt, die andere hielt Mister Salgado eine Tüte mit grünen Mangos hin, die wir ihm mitgebracht hatten. Für meinen Onkel war Mister Salgado kaum mehr als ein Junge, aber einer von jenen, die von der Geschichte begünstigt worden waren – ein Produkt des modernen Feudalismus –, während er ein *road-runner* der Landstraße war, Fernfahrer für eine Erdölgesellschaft. »Das ist der Junge, von dem ich Ihnen erzählt habe. Das ist er. Er lernt sehr schnell.«

Ein gelassenes, glattrasiertes Gesicht musterte mich. »Schule? Bist zur Schule gegangen?«

»Ja«, antwortete ich eifrig. »Ich bin zur Schule gegangen. Fünfte Grundschulklasse. Ich kann lesen und schreiben.« Ich hatte sogar etwas Englisch gelernt von meinem armen, gequälten Lehrer, der immer noch unter dem Zauber einer dschungelumrankten Victoria stand. Er wohnte in einem weißgetünchten Bungalow, nicht weit von den Feldern meines Vaters entfernt.

»Und jetzt?«

Mein Onkel wand sich: »Wie ich Ihnen bereits gesagt

16

habe, er ist aufgeweckt, aber er kann nicht mehr zu Hause wohnen. Diese dumme Geschichte …«

Ich hatte unabsichtlich das Dach einer Hütte im Schulhof in Brand gesteckt. Ich hatte ein einziges brennendes Streichholz in Vaters fast leere Arrakflasche geworfen: Eine blaue Stichflamme war zischend herausgeschossen und hatte züngelnd auf die geflochtenen Palmwedel übergegriffen. Mein Vater tobte; ich flüchtete zu meinem Onkel, der mir versprach, sich um ein neues Leben für mich zu kümmern. Er sagte, ich brauchte nicht mehr nach Hause zurückzukehren. »Ich tue es bloß deiner Mutter zuliebe; wär' sie noch am Leben, hätt' sie mich darum gebeten. Verstanden?«

Mister Salgado seufzte. Er war hager; seine Wirbelsäule war gekrümmt. Er setzte sich oft in den unmöglichsten Stellungen hin, verhedderte seine Glieder, schlang die langen Beine ineinander, verrenkte gefährlich den Hals und schaute gequält in die Welt wie ein verletzter Reiher. Er redete langsam, fast zögernd, wechselte höflich das Gesprächsthema und erkundigte sich nach dem mißlungenen Staatsstreich, als handle es sich um einen für die Jahreszeit außergewöhnlichen Wolkenbruch. Ich hatte noch nie eine so weich gesprochene Sprache gehört. Im Vergleich dazu klang die Redeweise meines Onkels, als erwürge er die Seele. Selbst später war ich immer wieder von Mister Salgados Stimme fasziniert. Ich ging ganz in seiner Stimme auf; nicht nur an jenem ersten Tag, sondern noch viele Jahre lang. Oft hörte ich gar nicht, was er mich hieß, doch er merkte es nicht immer. Ich glaube, er war manchmal selbst von seiner Stimme hingerissen und wußte nicht mehr, was er eigentlich hatte sagen wollen. Vielleicht war dies der Grund, warum er oft vorzog zu schweigen. Ich verstand das. In meinen Kopf drängten sich oft viel mehr Worte, als jemals über meine Lippen kommen konnten.

MISTER SALGADO – Ranjan Salgado – war Junggeselle. Ein süßer Geruch klebte an ihm, berauschend und künstlich aus einem glockenförmigen Elfenbeinflakon, der sich unmöglich ordentlich öffnen ließ. Er schüttelte kleine magische Tropfen aus der Metallhülse auf dem schlanken Hals und verrieb sie zwischen den Handflächen, auf dem Gesicht oder auf dem ganzen Körper. Der Duft erinnerte mich an Zimtbüsche, doch es handelte sich um eine seltsame städtische Methode, die Natur zu überlisten. Selbst in Mister Salgados Haus hatte sich die Hinterlist eingenistet, vor allem im Kopf seines Dieners Joseph.

Mister Salgado blieb nach dem Essen auf seinem Armstuhl sitzen, die Wange oder das Kinn, manchmal sogar den ganzen Kopf auf einen seiner knochigen Finger oder in die hohle Hand gestützt – was das Unglück geradezu herausfordert –, und starrte mit aufgesperrten Augen ins Nichts, als ob er bloß darauf warte, alt zu werden.

Er saß am Kopfende des großen Mahagonitisches. Es gehörte zu meinen Obliegenheiten, das Tischblatt zu polieren, bis es tiefdunkel glänzte. Abends, wenn er allein war, zog er es vor, Brot und westliche Gerichte zu essen: verschiedene Gänge. Dünne gebratene Schnitzel und sämig zermanschte Kartoffeln, die spurlos in seinem Körper verschwanden. Corned beef war sein Lieblingsgericht. Dazu aß er *seeni-sambol*, das den Gaumen in Brand steckt. Als ich später sein Koch und überhaupt alles wurde, tüftelte ich ein besonderes Hackfleischgericht aus: knusprig gebratenes Corned beef mit Kartoffeln, Zwiebeln, grünen Pfefferschoten, mit einem Klecks Sojasauce und mit Palmzucker bestreut. Es schmeckte auch mir ausgezeichnet.

Am Anfang bestand meine Arbeit lediglich darin, dem jungen Herrn den Morgentee zu bringen und dann die Veranda und die Gartentreppe zu kehren. Bevor ich mich nicht bewährt hatte, wurde mir nicht einmal erlaubt, das

Teewasser aufzusetzen oder die Wohnräume zu kehren. Mir war das recht; ich hätte ja etwas zerschlagen können.

Man drückte mir einen riesigen Besen in die Hand. Ich war in Panik, ich könnte etwas umstoßen, daher benützte ich den Seiteneingang, der von der Küche ums Haus herum zum Haupteingang führte. Ich getraute mich nicht, mit dem Besen durchs Wohnzimmer oder durchs Eßzimmer zu gehen. Eines Tages kam ich auf einen großartigen Gedanken: Ich kürzte den Besenstiel. Das war der Anfang des Ärgers mit Joseph.

»Dummkopf, Idiot, Spatzenhirn, Bauerntölpel, hast du denn gar keinen Respekt vor fremdem Eigentum? Man hat dich eingestellt, um für die Dinge Sorge zu tragen, nicht, um sie kaputtzumachen!«

Eigentlich sollte ich Joseph bei der Arbeit helfen, doch er mochte mich von allem Anfang an nicht. Vielleicht lag das daran, daß ich trotz meiner Herkunft aus anderem Holz geschnitzt war. Joseph arbeitete seit zwei Jahren bei Mister Salgado. Er stammte aus Kosgoda, einem kleinen schmuddeligen Dorf unweit von Ambalangoda, wo die Maskenschnitzer herkommen. Er hatte sich in einem staatlichen Gästehaus hochgearbeitet, bis eine Ersatzwahl zu seinem Rausschmiß führte. Die Opposition gewann die Wahlen, und die Angestellten der Regierungspartei wurden entlassen. Das zumindest hatte er *amma* Lucy erzählt, Mister Salgados Köchin – die erste Person, der ich im Haus begegnet war. Ich vermute aber eher, daß er beim Klauen erwischt worden war. Trotz seines hochtrabenden Getues konnte er es nicht lassen. Er war wohl mit langen Fingern zur Welt gekommen – keine Versuchung war ihm zu klein. Ich verachtete ihn wegen dieser Schwäche: Er beschmutzte Mister Salgados Haus. Ich spürte es ganz deutlich.

Doch an jenem Tag tat er so, als sei ich es, der das Haus

verunstaltete, als sei der Besen ein Lebewesen, das ich nun verstümmelt hatte – der Sproß einer Dynastie anstatt ein hölzerner Stiel mit abgewetzten Kokosborsten. In Mister Salgados Haus wurden Besenköpfe nie ersetzt, bevor sie nicht ratzekahl waren: Das war eine von Mister Salgados Marotten. Er brüstete sich mit seiner Sparsamkeit und hätte seine Zahnbürste um nichts in der Welt ersetzt, bevor nur noch der blanke Kunststoffgriff übrig war. Ich beobachtete, wie die Borsten Tag für Tag kürzer und flacher wurden, bis ich ihm schließlich manchmal eine neue Zahnbürste kaufen ging und sie in sein Zahnglas stellte. Die alte versteckte ich im Badezimmerschrank – ich hätte mich niemals getraut, sie wegzuwerfen –, am nächsten Tag tauchte sie jedoch unweigerlich wieder an ihrem gewohnten Platz auf, wie es sich gehörte. Aber ich hatte recht daran getan, den Besenstiel zu kürzen, und Joseph hatte mich zu Unrecht ausgescholten! Unser junger *mahatmaya* hörte die Aufregung und kam aus seinem Zimmer. Joseph beklagte sich lauthals, doch Mister Salgado sagte bloß: »Ja und? Ist doch in Ordnung. Der Junge braucht einen kürzeren Besen.« Und da wußte ich, daß ich am richtigen Ort war: Er zumindest hielt mich nicht für einen Dummkopf.

JOSEPH HATTE DAS SAGEN IM HAUS. Er zeigte mir meinen Schlafplatz: »Unter dem kleinen, runden Loch« – einer Luke in der Wohnzimmernische –, und fügte gleich hinzu, wann ich aufzustehen hatte. Nachts, wenn er alle Lichter ausgemacht und die vordere Eingangstür abgeschlossen hatte, verriegelte ich die Falttür zum Wohnzimmer, steckte den einen Bolzen in die Vertiefung im kalten Zementboden, den anderen in den Querbalken und rollte mich unter dem Bullauge auf meiner Matte zusammen. Ich legte mich so hin, daß ich hinausschauen konnte, während ich darauf wartete, daß mich der Schlaf überkam. Ich stellte mir eine Sternkonstellation am Himmel vor, die Josephs Sturz und meinen meteorhaften Aufstieg im Hause herbeiführen würde, irgendein schreckliches Mißgeschick, womöglich nachdem Joseph bei Mister Salgado in Ungnade gefallen war. Ich war seit frühester Kindheit davon überzeugt, daß ich die göttlichen Fähigkeiten eines *deviya* besaß, die mir erlaubten, meine Träume zu beeinflussen. Und so träumte ich jede Nacht von Rache.

Eines Abends beschloß ich, Joseph in einen Frosch zu verwandeln. Ich legte mich in wohliger Vorfreude schlafen, doch mitten in der Nacht wachte ich schweißgebadet auf. Etwas war schiefgelaufen. Ich konnte mich nicht rühren. Ich war gelähmt, versteinert. Mein Herz pochte zum Zerspringen. Ein Dämon war in das Haus eingedrungen! Ich betete, damit er wegging; versprach, brav und gehorsam zu sein und den Gott aller Götter zu verehren, wenn das Ungeheuer bloß verschwand. Stunden oder Minuten später, als ich mich vergewissert hatte, daß im Zimmer nicht das kleinste Geräusch zu hören war, kehrte meine Tapferkeit zurück. Ich rollte von der Matte und sprang auf die Füße. Nichts geschah. Kein Dolch sauste auf mich nieder, kein Dämon fiel über mich her. Weit und breit niemand, den es zu bekämpfen galt, nur mein eigener Schatten im Licht des Halbmondes und das Huschen eines aufgescheuchten Geckos. Ich kauerte mich zusammen und wartete. Als ich mich nach einer Weile davon überzeugt hatte, daß tatsächlich niemand im Zimmer war, dachte ich mir ein Spiel aus: Räuber und Mörder drangen ins Haus, und ich – ich ganz allein! – jagte sie in die Flucht. Das einzige, was tatsächlich geschah, war, daß ich mich verschlief. Als ich die Augen aufschlug, war es Morgen. Joseph stieß mich mit dem Fuß in die Rippen. »Los, steh auf«, sagte er. »Steh auf, du fauler Kerl.« Die blau-weiße chinesische Vase auf der dunklen, schwankenden Anrichte zitterte. Ich dachte, sie würde umkippen und zerklirren. Doch ich war es, der zitterte, nicht die Vase. Ich rollte mich matt auf die Seite, all mein nächtlicher Mut hatte mich verlassen. Der Schlaf hatte mich geschwächt.

»Tee! Tee!« Joseph war wütend. »Der Herr wartet auf den Morgentee! Steh auf, du fauler Hund, hol den Tee!«

Ich rappelte mich auf die Füße, verhaspelte mich dabei in meinem Sarong. Ich konnte nicht aufhören, mir die Augen zu reiben, stürzte dann wortlos in die Küche. *Amma* Lucy hatte den Tee aufgegossen und sogar das Tablett bereitgestellt. Ich wischte mit dem Zipfel meines Sarongs schnell die Tasse sauber und schenkte den Tee ein. Rührte Milch und einen halben Löffel Zucker dazu. Wie jeden Tag: nur gerade soviel Milch, bis sich das helle Braun in sahniges Schlammbraun verwandelt, und einen halben Teelöffel Zucker, um ihn einzudicken. Ich verknotete meinen Sarong nochmals und trug den Tee hinein.

Mister Salgado lag im Bett; er schnarchte leise in der Hitze. Das obere Laken lag zusammengeknüllt auf der einen Seite des Bettes. Der hochgerutschte Sarong bedeckte die schmale Hüfte nur knapp. Unter dem *banyan* kräuselten sich ein paar Büschel schwarzer Haare auf der mageren, jungenhaften Brust.

Ich trat ein und stellte das Tablett auf den Nachttisch. »Ihr Tee, Sir!«

Er war wach, hielt die Augen aber geschlossen. Er tat so, als ob er schlafe, damit er mich nicht zur Kenntnis nehmen mußte. Morgens früh war er immer besonders unzugänglich: seine Einstein-Zeit, wie er es später nannte – in einem anderen Abschnitt seines Lebens. Ich hatte gelernt, ihm den Tee hinzustellen und dann wortlos zu verschwinden. Dann stand er auf, setzte sich in den Sessel am Fenster und schlürfte langsam seinen Tee, als ob ihm sein breites, traumhaft weiches Bett mit den gepolsterten, wattierten, mit Kokosfasern umwickelten Spiralfedern nicht bequem genug sei. An jenem Morgen jedoch rührte ich mich nicht von der Stelle. Ich hatte ein schlechtes Gewissen, weil ich verspätet war. Ich mußte etwas tun, um meine Würde vor Josephs Geschimpfe zu verteidigen, das mir unweigerlich bevorstand.

»Sir«, fing ich zu erklären an, »letzte Nacht hat irgendwer einzubrechen versucht. Ich habe sie in die Flucht gejagt, Sir, wirklich ...«

Er stöhnte schwach und drehte sich. Das Bett knarrte unter seinem Gewicht. Die kleine Lampe auf dem Regalaufsatz schwankte. Mir war, als drehe sich der ganze Raum mit ihm. Mister Salgado war großgewachsen, und wenn er lag, schien er endlos lang. Seine nackten Füße ragten über den Bettrand hinaus. Wie Frauenfüße kamen sie mir vor; der hohe Rist zog die Zehen zusammen und verkürzte den Fuß.

»Diebe vielleicht, Sir!«

Ich sah nur die eine Hälfte seines Gesichts; die andere war im Kissen vergraben. Er öffnete ein riesiges braunes Auge und starrte mich an. Die nackte Schulter hob und senkte sich bei jedem warmen Atemzug. Die zwei flachen Impfnarben am Oberarm sahen aus wie zwei runde, zusammengeflickte Schußwunden. Er schwelgte geradezu im Schlaf. Er stieß ein Brummen aus, ein unverbindliches Grunzen vielmehr. Es war keine Frage und auch keine Feststellung, bedeutete jedoch, daß meine Anwesenheit zur Kenntnis genommen worden war und daß ich meinen Vers ordentlich aufgesagt hatte. Das verträumte Auge schloß sich langsam wieder, während sich die dunkle Pupille schnell verengte. Die Audienz war vorbei.

»WAS HAT ER GESAGT?« fragte Joseph, als ich aus dem Zimmer kam.

»Nichts, ich habe den Tee hingestellt.«

»Schläft er immer noch?«

Ich antwortete absichtlich nicht. Soll er sich doch das Schlimmste denken, das Schlimmste für ihn. Allein schon die Vorstellung, daß er die Welt mit seinem stinkenden Atem verpestete und daß mein Schicksal in seinen Händen lag, brachte mein Blut zum Brodeln. Ich wandte den Kopf ab, als verheimlichte ich etwas, und verschwand in Richtung Küche.

Amma Lucy schnitt Zwiebeln, Bombayzwiebeln. Sie handhabte das Messer wie eine strenge Gottheit − eine *devatara* −, schnitt makellose, durchscheinende Halbkreise, schob dann die angehäuften Scheiben zur Seite und nahm die nächste Zwiebel in Angriff. Sie war immer am Zwiebelschneiden.

Mir prägte sich dadurch eines ein: die Allgegenwart der Zwiebel; sie war gewissermaßen der Herzschlag unseres Küchenalltags. Ob zum Frühstück, zum Mittagessen, zum Abendessen, sie war immer da: in Ringe geschnitten oder gehackt.

Ich lernte vor allem durchs Zuschauen; doch *amma* Lucy machte mir das Zwiebelschneiden nicht nur vor, sondern sie zog mich auch zur Arbeit heran. Ich wurde zu ihrem Küchengehilfen: zu einem Zwiebelschneidlehrling. Ich war dankbar für diese Rolle, auch wenn ich am Anfang heulte − wahrscheinlich weil ich jung war und noch klein und näher am Schneidebrett. Ich konnte nichts dagegen tun, außer wachsen und älter werden. Erst viel später lernte ich die Tricks, um die Wirkung zu verringern: die Zwiebeln vorher ins Wasser tauchen zum Beispiel, Brot an die Messerspitze stecken, ein dampfendes Tuch um die Hand wickeln. Doch selbst heute tue ich meistens nichts dagegen, ich schneide einfach drauflos und weine mir allen Kummer von der Seele.

Damals hatte meine Faszination für die Zwiebeln allerdings nichts mit meinem Ehrgeiz zu tun, Koch zu werden. Das Zwiebelschneiden war eine Zuflucht – eine Flucht vor Joseph. Er konnte die Ausdünstungen einer ordentlichen Zwiebel nicht ertragen. Wenn wir Zwiebeln schnitten – vor allem, wenn wir sie brieten –, machte er einen weiten Bogen um die Küche und flüchtete sich in die entfernteste Ecke des Gartens. Und so war ich ganz versessen aufs Zwiebelbraten – ganz einfach, um ihm aus dem Weg zu gehen.

An jenem verspätet angefangenen Tag ging ich also zu *amma* Lucy in die Küche; sie war eben dabei, blitzschnell mit halbgeschlossenen Augen Zwiebeln zu schneiden. Sie kochte schon seit je, seit der Jahrhundertwende. Das Dorf, wo sie geboren worden war, hatte sich im Lauf ihrer mehr oder weniger siebzig Jahre in Urwald verwandelt, dann wieder in ein Dorf, dann wieder in Urwald, immer wieder von vorn. Das ganze Land hatte sich von einem Urwald in ein Paradies und wieder in einen Urwald verwandelt, wie ich es in meinem Leben auf noch grausamere Art erleben sollte. Manchmal saß ich abends neben ihr auf dem Fußboden und lauschte den Geschichten aus früheren Zeiten. Sie hatte Mister Salgado bereits gekannt, als er noch ein Kind war und sie ihr eigenes Kind großzog; und sie hatte seinen Vater gekannt, als sie beide noch Kinder waren. Sie hatte während der Ausschreitungen von 1915 Mister Salgados Großvater Whisky und Kaffee serviert. Sie hatte Politiker mit Lenkstangen-Schnauzbart und Schildpatt-Haarknoten gesehen, mit Cutaways und golddurchwirkten Sarongs, barfuß und in Sonntagsschuhen. Sie hatte erlebt, wie die Nehruhemden die Kolonialanzüge verdrängten, wie Kokosnußlöffel das Sheffieldsilber ersetzten. Doch ihre Kochkunst und ihr Holzofen – zwei rußige Steine im Freien vor der Küche – hatten die Zeiten überdauert. Der Reis brauchte immer noch zwanzig Minuten zum Garen, und wenn man den Deckel hob, bevor sich die Bläschen an der Oberfläche bildeten, war der Reis futsch. Man kann nicht wissen, ob eine Kokosnuß frisch ist – erklärte sie mir –, ohne sie geschüttelt zu haben, und man kann kein richtiges *pol-sambol* zubereiten, ohne die Schoten zu brechen. Sinn für gutes Essen, pflegte sie zu sagen, ist keine Modelaune, und die Art, wie man das Essen schluckt, hat sich, wie das Kindermachen, seit Anbeginn der Menschheit nicht geändert.

»Brauchst du diese hier?« fragte ich und pickte eine kleine rote Zwiebel heraus. Die papierne Haut knisterte. *Amma* Lucy antwortete nicht. Sie hielt die Augen halb geschlossen, um sie vor den Dämpfen zu schützen; ihr Messer war ein stählerner Schatten.

Ich nahm die Zwiebel, schnitt sie entzwei, halbierte dann jede Hälfte nochmals. Es war eine kleine Zwiebel, die Viertel paßten genau in meine hohle Hand; ich schüttelte sie verstohlen wie Würfel in der Faust eines Spielers.

Ich wußte zwar nicht genau, was ich mit den Zwiebel-vierteln anfangen wollte, aber ich wußte, daß ich beide – die Zwiebel und Joseph – auf unangenehme Weise miteinander in Berührung bringen wollte.

MISTER SALGADOS HAUS war der Mittelpunkt des Universums, und alles auf der Welt fand innerhalb der Umzäunung Platz. Sogar die Sonne schien aus der Garage aufzusteigen und nachts hinter dem Brotfruchtbaum zu schlafen. Rotschnäblige Papageien und gelbohrige *salaleenas* pfiffen in unserem Garten. Ochsenfrösche quakten neben dem Tor. Montags erschien der Gemüsehändler mit seinen

Körben voller Okras und Bohnen. Am Dienstag der Fleischer mit Ochsenschwanz und einem Viertel Ziegenfleisch. Am Mittwoch war die Reihe am Fischhändler:

Isso, isso
thora malu
para malu
ku-nis-so-o.

Man hörte ihn von weitem rufen. Er balancierte eine lange Stange über den Schultern, an der zwei Körbe mit Sprotten und Garnelen baumelten. Und am Donnerstag kreuzte der Kurzwarenhändler auf mit einem Pappkoffer auf dem Kopf. Er hatte keinen Anlaß, in unser Haus zu kommen: Er verkaufte nur an Frauen, und die einzige Frau in unserem Haus war *amma* Lucy, die nie auch nur einen flüchtigen Blick auf sein Warenangebot warf. Doch der Mann war ein Freund Josephs, er kam lediglich zu uns, um über das Neuste zu klatschen. Seine schiefgezogenen Lippen waren immer halb offen, als webe er endlos an einem Intrigennetz.

Er pflegte gegen Mitte des Vormittags zu kommen. Ich beschloß, sein Kommen abzuwarten, weil ich wußte, daß Joseph mindestens eine halbe Stunde mit ihm plaudern würde, was mir genügend Zeit ließ, mich mit meiner rohen Zwiebel in sein Zimmer zu schleichen und ihm einen diabolischen Streich zu spielen: nämlich seine Schlafmatte mit Zwiebelsaft einreiben. Inzwischen trieb ich mich geschäftig auf der vorderen Veranda herum, fegte Staub von einer Ecke in die andere und in den Garten hinaus, wirbelte mit meinem Besen eine rote Borstenwolke auf.

Der Kurzwarenhändler kündigte sein Kommen mit einer kleinen Glocke an. Er ging von einer Straßenseite zur anderen, und bei jedem Gebimmel flatterten die Krähen auf der Straße davon. Gekrächze, Flügelflattern und das Gurren der einfältigen Tauben unseres Nachbarn begleiteten ihn, als sei ein Zauberer im Anmarsch.

Vor dem Haus gleich gegenüber – Nummer acht, Mr. Pandos Haus – blieb er jeweils stehen. Es war eine geheimnisvolle Festung mit hohen Mauern darum herum. Von der Straße aus sah man nichts von dem Haus, außer einem Stück Giebel. Der Kurzwarenhändler ging immer hinein; ich aber nie, selbst Jahre später nicht, als wir mit Mr. Pando ziemlich befreundet waren. Das Bimmeln der Glocke hörte abrupt auf, und Stille trat ein, die nur ab und zu von Mrs. Pandos – der *nona* – schrillen Ausrufen unterbrochen wurde, wenn sie ein Stück Goldbrokat bewunderte oder um den Preis eines falschen Smaragdarmbandes feilschte. Doch an jenem Morgen, als er vor der Gartenmauer stand und das Gebimmel verstummt war, vermißte ich etwas: Das Tor ging nicht auf wie sonst. Die ganze Straße horchte neugierig auf. Dann begann zu meinem Erstaunen die Glocke wieder zu bimmeln. Zuerst zögernd, als ob der Glockenläuter nicht wüßte, was tun. Dann hartnäckiger, als ob er versuchte, mit dem Bimmeln seiner kleinen Glocke das Tor einzudrücken. Es klang so zornig, daß selbst der Tod aufgewacht wäre, doch von Nummer acht kam kein Echo. Er rief *badu, badu, badu* – gute, schöne Waren –, dann kippte seine Stimme in besorgtes Erstaunen um. Keine Geschäft heute in Nummer acht. Er schwenkte seine Glocke mit gedämpfter Begeisterung und kam über die Straße auf unser Haus zu.

»So, so«, hörte ich Joseph dem Straßenkrämer zurufen; er lehnte sich übers Gartentor und wiegte sich hin und her.

»Die Leute sind wohl ausgegangen.«

»Unmöglich. Ich habe sie am frühen Morgen gehört; klang ziemlich aufgeregt, war wohl irgend etwas los mit dieser *nona* Pando.«

Ich hatte es ebenfalls gehört, hatte jedoch nicht weiter darauf geachtet. Joseph wischte sein Gesicht mit einem Zipfel seines Sarongs ab und winkte seinen Kumpan herein. Der war ein untersetzter Mann; sein dunkles Gesicht war immer schweißüberströmt. Wenn er sich hinhockte und den Koffer mit einem Schwung auf den Boden stellte, sah er aus wie eine Kröte. Ohne den großen Koffer wirkte sein Kopf flach und entstellt. Das rührte vom gepolsterten Stoffring her, den er auf dem Kopf trug. Er nahm den Ring ebenfalls ab und fächelte sich damit zu, während er sich langsam vorwärts, rückwärts in den Hüften wiegte. »Sie hatte mich doch gebeten, ihr heute Spitzen zu bringen ...« Er ließ die Messingschlösser des Koffers aufschnappen und zog ein Stück Stoff heraus. »Schau, Georgette, was?« Er räusperte sich geräuschvoll.

»Wozu braucht die Spitzen?«

»Wozu wohl? Wozu man das Zeug eben braucht.«

Joseph kicherte.

Ich wollte eben in Josephs Zimmer gehen, als sich plötzlich das grauenerregendste Geheul erhob, das ich je gehört habe. Zuerst war es wie ein Grollen in den Eingeweiden der Erde, schwoll dann irgendwo außerhalb des Gartens an, erfüllte die Luft mit Schmerz und hilfloser Wut. Ein bestialischer, ein dämonischer Aufschrei − wie der Todesschrei eines lebend gerösteten Vogels oder das Kreischen eines gestochenen Schweins. Ein markerschütternder, langgezogener, bohrender Schrei, der die Nerven jedes belämmerten Sulzkopfes in der Nachbarschaft durchsägte. Ein Geheul so laut, daß es alles in den Schatten stellte, was die Geschichte unserer Straße je an Lauten hervorgebracht hatte − vielleicht sogar die ganze Stadt, sogar das ganze Land.

Joseph und sein Freund liefen auf die Straße hinaus. Ich rannte wie der Blitz in den Garten zurück. Wir schauten alle zu Mr. Pandos Haus hinüber, woher das Geschrei kam.

Jemand – eine Frau – kreischte gellend. Türknallen. Klirrendes Glas. Und noch mehr Geschrei und Gekreische. Ich kletterte bis zum Wipfel des Niaulibaumes im vorderen Teil des Gartens.

Mr. Pandos Vorhof war über und über pulvrig-rot, als sei er mit Marsstaub zugedeckt. Die Stufen waren mit kleinen Plastikbeuteln übersät. Eine Frau stürzte heraus und fegte das Pulver von den Stufen. Dann drang erneutes Geheul aus dem Haus, und sie eilte schleunigst wieder hinein. Die gellenden Stimmen im Haus wurden immer lauter. Die Krähen flatterten verstört auf und kreisten krächzend über dem Dach. Der Himmel überzog sich schwarz. *Nona* Pando tauchte kurz in der Tür auf und blickte zum Himmel, verschwand dann fluchend im Haus. Das Geheul ging in ein unheimliches, langgezogenes Stöhnen über, das nach einem eigenen Rhythmus an- und abschwoll.

Joseph und sein Freund und alle Nachbarn hatten sich vor dem Haus versammelt. Es war schließlich der Kurzwarenhändler, der hineinging, nachdem die Polizei das Tor gewaltsam geöffnet hatte.

Als er zurückkam, hopste er wie wild herum. »*Miris, machang* – Chilipfeffer! Die zwei Hexen haben versucht, *mahatmaya* Pando mit Chili umzubringen. Scharfe, getrocknete rote Chilischoten und Chilipulver. Alles ist damit bestreut.« Schweiß rann über sein Gesicht, seine Augen leuchteten bei jedem Wort auf. »*Mahatmaya* Pando war im Badezimmer angebunden. Das hättet ihr sehen sollen, *appo*!« Er schlug sich mit der flachen Hand auf die Schläfen. »Sein Gesicht, seine Arme, seine Eier, sogar sein Schwanz, alles geschwollen wie Ballone. Gewaltig, Mann. Sie haben ihn überall mit Chilipulver eingerieben. Er hat vor Todesqual geheult. Lady-*nona* hat ihn angeschrien und kübelweise Chilipulver ausgekippt. Und das Dienstmädchen hat ihn damit eingerieben. Sogar sein Arschloch!« Unser Augenzeuge kicherte dreckig und veranschaulichte mit seinem Finger die Szene.

Als die Polizei die zwei Frauen gewaltsam aus dem Haus schleppte, beschimpfte *nona* Pando ihren Mann immer noch.

»Jetzt weißt du, was scharf ist, du Miststück.« Es hieß, sie habe ihren kürzlich angetrauten Ehemann fummelnd mit einem Mädchen aus der berüchtigten *Hothouse-Bodega* im Badezimmer überrascht. Sein Geheul und ihr Gekeife hüllten alles in der Nachbarschaft ein: Steine, Bäume, Gebäude, Menschen. Das Haus des unglückseligen Pando hatte seitdem einen rötlichen Farbton, und er selbst wischte sich ständig mit einem großen weißen Taschentuch das Gesicht ab, als sei ihm immer zu heiß.

Ich ging in die Küche und schmiß meine Zwiebelviertel in eine Schale; sie waren viel zu harmlos. Vor dem Chili schreckte ich noch zurück.

Im September des folgenden Jahres wollte Mister Salgado ein paar Tage auf der Teeplantage seines Cousins verbringen. Joseph würde während seiner Abwesenheit nach dem Rechten sehen. Ich mußte wohl oder übel allein mit ihm zurückbleiben, da ich nirgends hätte hingehen können. Ich war nun bereits seit über einem Jahr im Haus, aber ich war nicht glücklich. Solange Joseph mir vorstand, würde ich es nicht sein können, und wenn dieser Zustand noch lange andauerte, würden schließlich seine Verderbtheit und seine Gemeinheit auf mich abfärben. Ich spürte das.

Das Haus wurde im Hinblick auf Mister Salgados Abwesenheit zugemacht; wir deckten die Möbel im Wohnzimmer und im Eßzimmer mit großen, weißen Leinentüchern zu. Joseph überwachte die Operation. Ich zerrte und zog, schlug ein und strich glatt und verwandelte die Räume in eine Aufbahrungshalle. Eine ganze Reihe verantwortungsvoller neuer Arbeiten wurden mir aufgetragen. Das Messing, das Kupfer, das Silber polieren; die Türangeln, die Schlösser und die Jalousienrollen ölen; alle möglichen Inventare erstellen. Ich mußte das Besteck zählen, das Porzellan zählen, die Bettücher zählen, alle Glühbirnen im Haus zählen und die Bücher auf den Regalen. Die Zählarbeiten waren mir von Mister Salgado höchstpersönlich aufgetragen worden. Am Abend vor seiner Abreise hob er jedesmal, wenn er mir über den Weg lief, die Augenbrauen und hieß mich noch etwas zählen. Wenn er mich im Flur beim Ausführen eines seiner Befehle erblickte – die Silberbecher in der Truhe zu versorgen zum Beispiel –, stieß er ein »Ach!« aus und brachte mich mit seiner Stimme aus dem Konzept. »Das …« Die Welt stand still. Ich wartete, während er sich räusperte und das richtige Wort suchte. »Ach so, du solltest sämtliche Gläser zählen, die wir besitzen. Nicht jetzt, während meiner Abwesenheit. Du mußt lernen, sie voneinander zu unterscheiden, die verschiedenen Größen, verstehst du? Und mußt wissen, wie viele wir von jeder Sorte besitzen.« Dann schaute er auf und warf mir einen prüfenden Blick zu wie ein Schullehrer – ein *guruvaraya*.

»Ja, Sir.«

Ich mußte mir die vielen verschiedenen Pflichten aufschreiben. Die Nützlichkeit des Listenerstellens hatte ich sehr schnell durch das Beobachten von Mister Salgado gelernt. Er war ein Experte für Listen. Während er *Ein Tag in Titipu* hörte, schrieb er seitenlange Einkaufslisten, Wäschelisten, Buchlisten, Wettlisten, Zu-Erledigendes-Listen, Nicht-zu-Erledigendes-Listen, Terminlisten, Reparaturlisten, Packlisten, Schallplattenlisten, Speisekammerlisten,

Korrespondenzlisten. Ich fand überall Listen, auf seinem Schreibtisch, in den Taschen seiner Kleider, die ich in den Schrank hängen mußte, neben dem Telefon und in seiner Mappe – wie Zaubersprüche oder Lieblingsgedichte.

Meine Listen hingegen waren damals noch schmal: ein Streifen Papier, meistens der zweieinhalb Zentimeter breite Rand einer gelesenen Zeitung, den ich von einer Seite im Innenteil abriß. Ich hatte sogar deswegen ein schlechtes Gewissen – nicht nur wegen meiner heimlichen Versuche, es Mister Salgado gleichzutun und dadurch meine Stellung zu verbessern, sondern weil die im Haus anfallenden alten Zeitungen an einen Altpapierhändler verkauft wurden, der einmal im Monat vorbeikam. Das bißchen Papier für meinen beruflichen Aufstieg bedeuteten für ihn eine Einkommensminderung, wenn auch eine bescheidene. Er kam mit einem Korb auf dem Kopf und einer in ein Tuch gewikkelten Waage in der Hand. Die Zeitungen waren ordentlich gebündelt und kreuzweise mit einem alten Bindfaden verschnürt. Jedes einzelne Bündel wurde gewogen und bezahlt. Dann stand er mit den sorgfältig auf seinem Kopf gestapelten Nachrichten des Monats auf und watschelte davon. Erstaunlich, wieviel Wissen in seinem Korb Platz fand; alles, was in einem ganzen Monat auf der Welt passiert war. Manchmal benützte ich auch ein gebrauchtes Kuvert, das ich aus dem geflochtenen Papierkorb im Arbeitszimmer fischte. Ich schrieb meine Liste mit Bleistift und bewahrte sie in meiner Hemdtasche auf.

An jenem Abend, als ich geheißen wurde, die Gläser zu zählen, geriet ich in Panik; meine Liste wurde je länger, je unübersichtlicher. Ich legte Wert darauf, daß alles schön untereinander stand, beschrieb nur eine Seite mit sauberen, gleichmäßigen Buchstaben. So hatte ich schreiben gelernt. Wörter hineinflicken oder halbe Zeilen hinzufügen, das gehörte sich nicht. Und weil Zeitungspapier so dünn ist, wollte ich es nicht beidseitig benutzen: Ich drücke zu fest auf die Bleistiftspitze, wenn ich schreibe, dadurch wird die Rückseite gebosselt. Ich halte zudem nichts davon, mehrere Listen zu haben – im Gegensatz zu Mister Salgado. Doch an jenem hektischen Abend, wo ich überall gleichzeitig sein mußte und mir keines seiner unverständlichen Signale entgehen lassen durfte – seine Achs und Hmms, die Pausen und Erklärungen –, wußte ich schließlich nicht mehr, wo mir der Kopf stand. Wenn das Übungen sein sollten, um mich dazu anzuspornen, mein Unterscheidungsvermögen und meinen Sinn für Mathematik zu schulen, so erfüllten sie eher den gegenteiligen Zweck.

Obwohl er die besten Schulen Colombos besucht hatte, betrachtete sich Mister Salgado weitgehend als Autodidakt. Er gehörte zu den Menschen, die auf sich selber bauen und eigene Zukunftsvisionen haben. Für ihn gab es keine Wissensgrenzen. Er studierte Mücken, Sümpfe, Korallen und das ganze große aufgeblasene Universum. Er schrieb seit seiner Jugendzeit lange Beiträge über all diese Dinge. Er schrieb über die Legionen unter der Meeresoberfläche, über die Verwandlung von Wasser in Stein – den Zyklus von Licht, Plankton, Koralle und Kalkstein –, über das Zurückweichen des Strandes vor dem Ozean. Manchmal platzte ich in sein Arbeitszimmer, wenn er, die Feder in der Hand, knapp über der Lösung einer phänomenalen Berechnung saß. »Entschuldigung, Sir«, sagte ich, und er bedeutete mir, still zu sein. »Sag, weißt du, wie viele Sterne am Himmel sind?« Ich schüttelte den Kopf: »Nein, Sir.« Und er nickte und lächelte versonnen. »Man hat sie gezählt, weißt du? Doch niemand vermag die vielen verschiedenen Korallenkolonien zu zählen, die uns im Meer umgeben.«

Am Morgen, an dem er ins Hochland reisen sollte, wurde mir erlaubt, das Frühstück aufzutragen. Ich brachte ihm bang aufgeregt seine grüne Banane, sein Drei-Minu-

ten-Ei, seinen Toast mit Butter und seine Ananasmarmela-
de. Er war tief in Gedanken versunken. Als ich den Teller
abräumen wollte, blickte er zum Ventilator an der Decke
auf und sagte wie ein Weiser: »Du mußt gut auf dieses
Haus aufpassen.«

»Sir …?« Doch bevor ich etwas hinzufügen konnte,
erschien Joseph; er rieb sich nervös mit der Handfläche
über den Hinterkopf: »Alles bereit, Sir.«

Am späten Vormittag brach *amma* Lucy ebenfalls zu
ihrem alljährlichen Besuch bei ihrer Familie auf. »Vergiß
nicht, jeden Tag deinen Reis zu essen. Joseph wird sich
darum kümmern. In der Keksbüchse ist Geld, damit du dir
im *kadé* etwas kaufen kannst«, sagte sie, während sie ihre
Habseligkeiten in einer alten Tischdecke verknotete.

»Er wird es nicht tun, ich weiß, daß er es nicht tun
wird.« Ich haßte allein schon die Vorstellung, von ihm
abhängig zu sein. »Er ist eifersüchtig auf mich; er wird
mich absichtlich verhungern lassen.«

»Red keinen Unsinn, Kind.«

Ich trug ihr Bündel bis zum Gartentor. Es roch nach
gekochtem Reis und nach Kokosnußmilch, wie sie selbst.
Sie hob es auf den Kopf – wie der Altpapiersammler, der
Flaschenmann, der Kurzwarenhändler –, schritt unsere
magische Straße hinunter und verschwand. Mir kam es vor,
als säße ich in der Falle. Das Blut hämmerte in meinem
Kopf beim Gedanken, daß niemand im Haus – auf der
ganzen Welt – war, außer Joseph und mir. Ich wäre am
liebsten im Garten im Kreis herumgerannt, endlos, wie ein
tollwütiger Hund, immer schneller, immer schneller, so daß
Joseph mich niemals erwischte. Statt dessen wartete ich am
Gartentor, so weit wie möglich vom Haus entfernt, und
rieb mein Elefantenhaar-Armband, um das Glück zu be-
schwören.

Was ich an Joseph am meisten haßte, war die Macht, die

er über mich hatte – die Macht, mich meine Machtlosigkeit spüren zu lassen. Er war eher von kleinem Wuchs, sein Schädel jedoch war lang und eckig wie eine Teufelsmaske. Er hatte plumpe Gesichtszüge und einen hervorstehenden Unterkiefer, so daß es aussah, als sei sein Kopf vom Rumpf getrennt. Sein finsteres Herz verzog die Gesichtsmuskeln zu einer ständigen Grimasse. Er hatte klobige Hände, die jeweils aus dem Nichts auftauchten. Und weil ich ihm immer aus dem Weg zu gehen versuchte und nie zu ihm aufschaute, erschreckte mich der Anblick seiner plötzlich nach einem Türknauf oder nach einem Tuch greifenden Hände. Die Hände schienen, wie der Kopf, vom Körper losgelöst zu sein. Ich war ständig darauf gefaßt, sie um meinen Hals zu spüren. Seine Fingernägel jedoch waren immer sauber und gepflegt. Ich weiß nicht, wo er das gelernt hatte, vielleicht hatte auch er etwas von Mister Salgado gelernt.

Als Wolken aufzogen und ich Regen in der Luft witterte, lief ich ins Haus zurück. Es blieb mir nichts anderes übrig. Er lauerte mir bestimmt irgendwo hämisch grinsend auf.

Die Küche lag im Dunkeln. Die kleinen Fenster über dem Spülstein ließen nicht viel Licht herein, und weil niemand im Haus war, waren die anderen Türen geschlossen. Ich machte kein Licht, um mich möglichst nicht bemerkbar zu machen. Ich tastete mich die Anrichte entlang zur Arbeitsfläche, wo *amma* Lucy zu schneiden pflegte. Darunter fand ich einen kleinen Korb mit roten Zwiebeln. Ich biß eine auf und rieb meine Hände tüchtig damit ein. Dann steckte ich sie als Waffe unter mein Hemd. Wenn er mir zu nahe trat, würde ich sie ihm ins Gesicht schleudern oder ihn damit einschmieren. Es war kein Chilipulver, würde ihn aber auf Distanz halten. Ich mußte auf alles gefaßt sein.

Ich versteckte mich im hinteren Teil des Hauses. Unsere Räume – die Küche, die Speisekammer, Lucys Zimmer, Josephs Zimmer, die Winkel zwischen den Dienstbotenkammern und der hinteren Veranda – waren immer mit altem Kram vollgestopft: ausrangierte Rohrsessel, leere Schiffskisten, dazwischen eingeklemmt ein altersschiefer Schrank, wo ich meine wenigen Besitztümer aufbewahrte, ein abblätternder verchromter Kühlschrank, kahle Bürsten und rostzerfressene Kehrichtschaufeln, ein verstümmelter elektrischer Mixer, ein Transistor mit eingedrückten Lautsprechern und ein großes, schwarzes Bügeleisen. Schwemmholz, gestrandeter Stadtmüll. Aber ich fühlte mich dort geborgen.

Die prasselnden Regentropfen zerfetzten die Blumen im Garten. Ich stellte mir Joseph vor, draußen, vom Regen durchbohrt, ganz durchnäßt und bis auf die Knochen durchfroren, so daß er sich eine Erkältung holte, eine Lungenentzündung, irgend etwas Tödliches. Eine Geisteskrankheit. In jedem nadelfeinen Regenfaden erkannte ich eine Botschaft der Götter: meiner Götter. Ich konnte sie am Himmel erkennen, wie sie über einen blauen, von sanften Hügelketten umgebenen See glitten, sich mit silbernen Speeren in der Hand auf einem Bambusfloß drängten, wie sie durch die Gucklöcher in den Wolken spähten und Joseph suchten, fest entschlossen, ihn zu vernichten.

»Hier, iß das.« Joseph stand hinter mir und schmiß eine Tüte mit gekochtem Curryreis auf den Sessel neben mir. Das Geräusch des Regens war so laut, daß ich ihn nicht hatte eintreten hören. »Ich gehe heute abend aus, sobald es aufhört. Schließ alle Türen ab und paß auf das Haus auf.«

Ich hatte keine Ahnung, wohin er gehen wollte, aber ich war überglücklich. Ich wünschte mir, der Regen möchte auf der Stelle aufhören; statt dessen goß es nur noch heftiger. Das Rauschen schwoll zu einem Furioso an. Das Wasser wühlte die Erde auf. Die Traufen liefen über; Wellen schienen demnächst die Veranda wegzuspülen; der Abzuggraben hatte sich in einen Fluß verwandelt. Joseph verschwand in seinem Zimmer, und ich änderte meine Gebetstaktik. Ich versuchte, den Regen zum Aufhören zu zwingen. »Gib uns eine Atempause; laß ihn gehen, das Haus verlassen, dann fange wieder an, so heftig wie nur möglich, damit er nie mehr zurückkehrt. Laß ihn elendiglich ertrinken, wenn er mit seinem Schubladenkinn durch den Regen schlurft.«

Bei Einbruch der Nacht hörte es auf zu regnen. Joseph verließ das Haus; er trug ein elegantes rosafarbenes Hemd. Ich stürzte mich heißhungrig auf meine Reisration. Ich hätte keinen Bissen angerührt, solange er noch da war. Ich wollte ihm nicht die Genugtuung geben, mir zuzusehen, wie mir beim Anblick der Reistüte das Wasser im Mund zusammenlief. Ich hatte seit dem frühen Morgen nichts gegessen, seit *amma* Lucy mir ein Stück Brot gegeben hatte, auf das ich etwas Butter geschmiert hatte, die auf einem Frühstücksteller übriggeblieben war. Ich stopfte den Reis gierig in mich hinein, Handvoll um Handvoll.

In jener Nacht war ich zum ersten Mal allein im Haus, in unserem großen Stadthaus mit seinen Schilfjalousien, seinen Formica-Flächen und Nylonfußmatten. Es war ein dunkles Haus; die Lampen leuchteten nie bis in jeden Winkel, auch wenn alle eingeschaltet waren. Selbst die größte Glühbirne, eine große helle Kugel im Eßzimmer, wurde vom Raum, den sie erhellen sollte, geradezu verschluckt: Die Decke war kaum erkennbar, die Ecken waren finster, die länglichen Schatten hinter den eckigen Möbeln verwischt. Mir kam es immer vor, als sei das Haus größer, als es einem erschien; als ob jedes Zimmer in einen unsichtbaren Teil münde, ja, als ob das Haus selbst einen mir unbekannten Teil habe; als ob jeder Raum über einen Schattenraum verfügte, den nur die Schatten betreten konnten und in dem geheime Rituale seltsamer Wissenschaften – Ozeanographie, Sexologie – vollzogen wurden.

Ich setzte mich auf die Treppe zur vorderen Veranda und sah die Liste der Dinge durch, die für meinen Mister Salgado zu erledigen waren. Zum ersten Mal fühlte ich mich in Frieden im Haus. Nicht nur wegen der Stille um mich herum, der Stille eines leeren Hauses, sondern auch weil ich wußte, daß Joseph nicht drinnen umherschlich. Weil ich wußte, daß ich nicht in einem dunklen Winkel mit ihm zusammenprallen würde. Daß er mir nicht hämisch lächelnd unter einer Lampe auflauerte. Daß seine Gegenwart mir nicht das Leben vergällte.

Schließlich erledigte ich keine der mir aufgetragenen Arbeiten. Ich überlegte mir, was ich als erstes in Angriff nehmen wollte, schweifte dann ab: Ich stellte mir das Leben im Haus ohne Joseph vor – für immer und ewig ohne Joseph. Ich fühlte, daß ich mein ganzes Leben lang im Haus heranwachsen und es zu etwas bringen konnte. Mein Mister Salgado würde mir bestimmt helfen. Ich war überzeugt – damals schon –, daß Mister Salgado besser fahren würde mit mir allein an seiner Seite: Joseph war nicht der Mann für ihn. Joseph müßte man auf eine Palme spießen, ihn und seine ganze Sippe, wo er mit seinem Toddy-Affen die Dämonen bei Laune halten konnte. Seine Anwesenheit ließ das Haus klotzig und lieblos erscheinen. Ich spürte genau, daß er alles in Mister Salgados Haus verachtete – wie ein Betrunkener, der neidisch ist auf das, was er nicht haben kann, vor allem auf die Nüchternheit jener, die fest auf den Beinen stehen, während er schwankt. Ich spürte, daß ich das ändern konnte: das Haus hegen und pflegen und unser Leben harken, bis ich es zum Blühen brachte. Zur Vollkommenheit sogar. Das schien damals möglich.

Ich fühlte mich sicherer als jemals zuvor in meinem Leben. Die Umrisse der Bäume und der Büsche im Garten, der helle Widerschein der Gaslampen in der Hauptstraße – alles schien mir zu gehören, mir ganz allein, und kam mir noch schöner vor, weil vertraut. Ich wußte wenig von dem, was außerhalb unserer friedlichen grünen Seitenstraße vor sich ging. Ich kannte den *kadé*, die Teebude am Ende der Straße, ein paar Läden an der Kreuzung, ich war auf dem Markt gewesen, doch der Rest des Stadtzentrums – was eine richtige Stadt erst ausmacht – war ein Geheimnis für mich. Ich hatte keine Ahnung, was ich alles nicht kannte in Mister Salgados »verschlafener Stadt«, außer den paar Straßen in der näheren Umgebung. Ich konnte mir nicht vorstellen, wohin Joseph gegangen war. In ein Lokal im Zentrum von Pettah? In ein Bordell? In eine Kneipe im Hafenviertel? Was war dort alles los? Damals gab es noch kein Fernsehen bei uns, und ich hatte keinerlei Bücher über das Leben in unserer Stadt gelesen. Bloß die Zeitungen vermittelten eine vage Vorstellung, doch nicht genug, um dem Ort Gestalt oder Sinn zu verleihen. Ich hatte von Raufereien in Spelunken gelesen, von Drogenhandel, von Tumulten im Gerichtssaal wegen der Zwiebelpreise, vom Profumo-Skandal, der England erschütterte; doch ich konnte mir weder die Lage des Landes bildhaft vorstellen noch die wirkliche Geographie der Stadt, noch das Meer zwischen den Ländern. Die wenigen körnigen Schwarzweißbilder in den Zeitungen bildeten eine Schattenwelt aus versteinerten Spruchweisheiten, dümmlich lächelnden Politikern und Zauberkästen voller Binsenwahrheiten.

Ich hatte keinen wirklichen Ausblick auf die Welt. Sah bloß überall Mauern, getünchte, mit Fresken bemalte –

Menschen, Sagengestalten, Ikonen – oder Wandgemälde, die mich vollends in die Irre führten, aber nichts Wirkliches. Ich war im Innern dessen gefangen, was ich sehen konnte, was ich hören konnte; ich war innerhalb meiner nicht genau festgelegten Grenzen gefangen. Und in der Erinnerung an das, was ich in meiner ärmlichen Dorfschule gelernt hatte. Mein Kopf war wie ein Ballon, der zu wenig aufgeblasen ist; nicht genug, um in den Himmel zu schweben; nicht mit Helium gefüllt, sondern mit einer trüberen, irdischeren Luft, die ihm bloß erlaubt, zwischen Stühlen und Schemeln zu torkeln, überall anzustoßen und in einer Ecke verschrumpelt auf dem Fußboden zu schlafen. Doch der Ballon wurde schließlich doch nicht ganz verformt von den um uns herum – in unserem Universum – vorherrschenden Niedrigkeiten. »Eifersucht ist eine Macht, die mit Eifer sucht, was leiden macht«, pflegte Mister Salgado zu sagen, um die Zeiten zu charakterisieren und das Ringen um die Macht überall.

Der nächste Morgen war der schönste Morgen, an den ich mich überhaupt erinnern konnte. Die Sonne beschien mein Gesicht. Im Haus war kein Laut zu hören. Niemand schrie nach mir. Kein Mehlsieben, kein Kokosnußraspeln, kein Zwiebelschneiden. Auch von den Nachbarn war gar nichts zu hören, kein Radio, kein Wäscheklopfen und -klatschen. Kein Räuspern und Spucken. Ich öffnete die Augen und blieb reglos liegen. Keiner wollte etwas von mir. Das Haus war leer, absolut leer. Glückseliges kuhäugiges Nirwana. Einfach daliegen. An nichts denken. Als ob es Joseph nie gegeben hätte.

Doch er drängte sich in meine Gedanken, ob ich wollte oder nicht. Ich stellte ihn mir in einer düsteren Spelunke in der verrufensten Gegend der Stadt vor, von Zauberern und Räubern vernichtet. Ermordet sogar. Was bedeutet hätte, daß mein Wunsch von den Geistern der Stadt aufgefangen und mittels einer anderen Hand ausgeführt worden war. Ein Wunder. War ich über ein tödliches Mantra gestolpert? Einen unbeabsichtigten Zauber? Als er am späten Vormittag noch nicht aufgetaucht war, jubelte ich. Ich war sicher: Die Götter hatten zu meinen Gunsten eingegriffen.

Wenn Joseph tot war, lastete nun alles auf mir. Morgen bereits würde Mister Salgado zurück sein, und es gab noch eine ganze Menge zu tun. Ich sagte mir, daß es wohl klüger sei, alles zu erledigen, was er mir aufgetragen hatte, um ihm zu beweisen, daß ich der geeignete und einzig richtige Nachfolger für Joseph war. Ich machte mich an das Silberputzen. Ein schönes Stück Arbeit. Mister Salgado besaß einen Besteckkasten aus Teakholz voller Silber, das seinem Großvater gehört hatte. Es reichte für zwölf Gedecke und war das Fundament des gesellschaftlichen Aufstiegs jener Generation gewesen. Er besaß außerdem eine ganze Anzahl Becher und Schulpokale und einen versilberten Krug. Ich breitete alles auf einer Zeitung unter dem Frangipanibaum in Garten aus – wie zu einem Picknick – und machte mich an die Arbeit. Ich atmete den würzigen Geruch der Politur ein: Sie roch sättigend nach Bockshornklee und roten Linsen. Die Flüssigkeit drang unter meine Fingernägel, als ich sie auf dem Metall verrieb, es mit einer maserigen, pudrigen weißen Haut überzog, die sich schwarz verfärbte und die ich kräftig mit einem Tuch abrieb, dann mit Zeitungspapier, dann wieder mit einem Tuch; ich rieb und polierte und schwitzte, bis jedes einzelne Stück auf dem Rasen glänzte wie geschmolzene Sonne. Wenn doch nur mein Mister Salgado jetzt nach Hause käme und sehen könnte, wie tadellos ich seine Befehle ausführte! Ich hätte alles für ihn getan, wenn ich bloß im Haus bleiben durfte, allein – ohne Joseph.

Mein Leben bisher war wie das Leben all jener verlaufen, die ihr unglückliches Zuhause verlassen, ihre zänkischen Familien, die erstickende Enge einer Baracke am Ufer eines Flusses, und in eine helle Welt eindringen, die ihnen vom Rand ihrer Träume her zuwinkt und wenigstens einen kurzen Augenblick lang funkelt wie ein Stern in der Nacht. Mit meinem Mister Salgado jedoch würde es anders sein, dachte ich; es würde etwas sein, was die Welt wirklich veränderte und unser beider Leben lebenswert machte. Ich polierte das Silber; ich zählte das Besteck; ich tat alles, was er von mir verlangte, und wünschte mir dabei, Josephs Leiche zu sehen. Was für eine Farbe hatte sie wohl? Blutleer? Grau? Sah er aus wie ein schlapper Sack, ohne das viele Wasser und das Zeug in ihm drin? Ohne das Blut und den heraussickernden Plunder, ohne die Seele, die ihn, wie jeden anderen Parasiten, verlassen mußte, war das, was – im Fall von Joseph – übrigblieb, wohl ziemlich wertlos: ein verschrumpelter Lederbeutel. Knochen, Knorpel, verwesendes Fleisch und Tran. Ich hatte noch nie einen Leichnam in natürlichem Zustand gesehen. Die Toten in der Öffentlichkeit ausstellen, das war damals in unserem Land nicht üblich. Unsere Grausamkeiten erregten zwar Aufsehen, wurden aber zwischen den eigenen vier Wänden ausgetragen: Verstümmelung eines untreuen Ehemannes, Totschlag unter Alkoholeinfluß, hin und wieder Säure in einem Anfall von Eifersucht in städtischeren Gegenden, wo die Gemeinschaft keinen Einfluß hat und politische Privilegien einen schützen. Doch es gab damals keine Todeskommandos, keine mordenden Bluthunde, die erst richtig Spaß hatten, wenn sich einer im Kugelregen wand. In meiner Kindheit hätte niemand auch nur geträumt, einen Toten an der Stelle verwesen zu lassen, wo er niedergemetzelt worden war. Womit die Menschen sich später schließlich hatten abfinden müssen.

AM NACHMITTAG BRANNTE die Sonne so heiß wie seit einiger Zeit nicht mehr. Ich ging ins Haus zurück und setzte mich auf die vordere Veranda. Die Jalousien waren halb hochgezogen. Der Fußboden im Haus war angenehm kühl, außer dort, wo das Sonnenlicht direkt darauf fiel. Eine leichte Brise wehte über die niedrige Brüstung und durch das grünliche Rohrgeflecht der Jalousien; allein schon das Säuseln des Windes brachte Kühle. Das war unsere Art von Wassergärten, wie man sie in kultivierteren Ländern findet – oder in unserer raffinierteren archäologischen Vergangenheit. Ich schaute im Schatten den Ameisen zu, die über eine warme Stufe hasteten; kleinen, schwarzen Biestern, die durch eine Einöde trippelten; Soldaten, die Berge hinaufkletterten, und Krieger, die von den Höhen eines buschigen Paradieses hinabstiegen, um die Wurzeln einer Höllenfeigenhecke zu verteidigen. Ich erinnerte mich an die Kokosnußpalmen meiner Kindheit, an das Rascheln der Brise in den Kronen. Klare, reine, unsterbliche Luft.

Am meisten vermißte ich die Nähe der *tanks*, unserer jahrhundertealten Bewässerungsteiche. Das Plätschern des schattigen Wassers, sanft flatternde Lotusblätter, der laue Wind, der die Wasseroberfläche kräuselt, das Flügelrauschen der Fischreiher, das lautlose Gleiten eines Nashornvogels. Und dann die große Stille, wenn die Welt stillsteht und nur die Farbe Kreise zieht, wie der blaue Atem der Morgendämmerung, die den Himmel in Licht taucht, oder wie die dunklen Schleier der Nacht. Das Wasser glänzt spiegelglatt, und der Mond spiegelt sich darin wider. In der Dämmerung, wenn die Mächte der Finsternis und die Mächte des Lichts sich paaren, brauchte man sich vor nichts zu fürchten. Keine Dämonen, kein Unheil, kein Ungeziefer. Ein Elefant, der sich im Rhythmus seiner Melodie wiegt. Ein vollkommener Friede, der ewig zu sein scheint, selbst wenn der Dschungel sich gleich entfesseln wird. Der *tank* ist ein Meer, dem die menschliche Vorstellungskraft die Gefährlichkeit genommen hat, ein großes Wasser, um das Wohl unseres Körpers und unseres Geistes zu gewährleisten und die Freudlosigkeit unseres Daseins zu mildern. Der Stadt mangelte dieses Wasser. Mister Salgados Haus verfügte über keine sichtbare Wasserfülle, außer wenn es regnete. Doch selbst der Regen floß schnell ab; eine Stunde später war die Erde wieder glühend heiß. Ein Teich oder ein Fluß verleiht einem Ort etwas Majestätisches, etwas, was das Haus brauchte, was *wir* brauchten, ich spürte das. Später überredete ich ihn – den jungen *mahat'naya* –, einen kleinen Teich im Garten anzulegen, einen Miniatur-*tank*. Doch es war eher ein Mißerfolg. »Warum nicht?« Er horchte auf, als ich ihm meinen Plan schilderte: »Rosafarbene Lotosblüten und Wasserlilien und ein paar Goldfische, die man bei Sonnenuntergang betrachtet.« Er war glücklich. »Genau«, sagte er, »im hinteren Teil des Gartens, neben dem Jambaum.« Der Vorschlag feuerte seine Phantasie an, doch als es um die Ausführung ging, trug er bloß mit langatmigen Theorien dazu bei. Ich war für die praktische Ausführung ganz allein auf mich angewiesen, obwohl ich keinerlei Erfahrung hatte. Ich wählte die denkbar ungeeignetste Stelle; das war mein größter Fehler. Der Jambaum trug so viele Früchte, daß der Teich schon nach kurzer Zeit voller Laub und faulender Beeren war, und die Fruchtfledermäuse taten sich jede Nacht daran gütlich. Die Wasserlilienbüschel waren mit Exkrementen übersät; das Wasser faulte. Es wurde zur Brutstätte einer heimtückischen Moskitosippe, die sich an mir labten. Monster mit Saugröhren wie Elefantenrüssel. Mister Salgado jedoch fand das Ganze je länger, je spannender, vor allem die Moskitos. Er studierte sie eingehend und schrieb eine Abhandlung über Insekten und Fledermauskot. Später trug er seine Theorien einem kleinen Kreis Studenten vor. »Der Moskito ...« sagte er, und es klang, als beschwöre er eine Gottheit im Himmel. Ich hätte am liebsten die Hände hinter die Ohrmuscheln gelegt, um das kleinste Echo jedes einzelnen seiner Worte aufzufangen. »Der Moskito ist ein zu Unrecht vernachlässigtes Lebewesen. Wenn wir es unterlassen, uns eingehender mit ihm zu befassen, und einzig auf das DDT vertrauen, so wird das gefährliche Folgen für uns haben.«

DDT ... Lebewesen ... gefährlich ... Für mich war es Poesie. Selbst das Sirren eines Moskitos, das er in seinem Vortrag nachahmte, wurde zum zarten Summen eines Kolibris.

Doch an jenem Tag, als ich allein auf der Veranda saß, hatte ich keine Vorstellung von der Zukunft. Ich glaubte nicht ernsthaft, daß Joseph tot war oder daß sich in meinem Leben etwas ändern würde. Ich wünschte es mir, und ich redete mir ein, daß ich mich bloß zu verhalten brauchte, als sei alles so, wie ich es mir vorstellte, und daß dann alles Wirklichkeit würde. Daß ein übermütiger kleiner Gott mit einem dreizackigen Pfeil eingreifen und dem Schicksal eine Wendung zu meinen Gunsten geben würde. Der Garten flimmerte, und ich erblickte in der wabernden Luft sogar unseren funkelnden Fluß, vielleicht war es der kleine *takarang tank*, den ich mir wünschte, unser Teich, der über der glühenden Auffahrt schwebte. Mir wurde in der Nachmittagshitze schwarz vor den Augen, ich streckte mich und atmete tief ein und aus, um meine Beklemmung zu überwinden.

Ein Geräusch im Haus weckte mich. Ich dachte, es sei eine der Katzen. In der Nachbarschaft wimmelte es von streunenden Katzen. Sie waren räudig, voller Flöhe und widerspenstiger Geister. Und sie jagten die Vögel, die in unserem Haus nisteten. Ich begründete meine Abneigung damit, daß sie an unsere Büsche pißten. Einmal überraschte ich einen rotgelben Kater im Arbeitszimmer. Ich schrie ihn an, doch anstatt durchs Fenster zu flüchten, sprang er auf die Tür zu. Das dumme Biest lief selbst in die Falle, denn ich hatte beim Eintreten die Tür hinter mir zugezogen. Ich hielt meinen Gürtel in der Hand, um ihn knallen zu lassen wie eine Peitsche, doch ich brauchte das Tier bloß am Nacken zu packen und hinauszuschleudern. Seine Augen flackerten, die Schlitze im Topas weiteten sich, es spuckte und fauchte und miaute, doch es ließ sich nicht wieder blicken.

Das Wohnzimmer war so, wie ich es zurückgelassen hatte: eine Leichenhalle voller weißverhüllter Möbel. Ich sah im Flur nach. Mister Salgados Schlafzimmertür war zu. Ich öffnete sie.

Joseph stand vor dem Spiegel. Sein Gesicht war blaß; seine blutunterlaufenen Augen traten hervor. Er hatte sein Hemd aufgeknöpft und rieb sich die Brust mit Mister Salgados Kölnischwasser ein. Auf dem Tisch war Talkpuder verstreut. Er hob den Kopf und sah mich im Spiegel in der Tür hinter ihm stehen. Er zischte leise etwas vor sich hin und wandte sich um. Er kam auf mich zu, starrte mich unverwandt an. Ich konnte mich nicht von der Stelle rühren. Ich schluckte und schluckte, doch ich brachte keinen Ton hervor. Joseph hielt den Mund offen, seine Zunge schwoll zwischen den Zähnen an. Ich sah den Speichel auf seinen Lippen schäumen. Er machte einen Satz auf mich zu und packte mich. Ich schlug wild um mich. Wenn ich ihm einen Kinnhaken versetzte, würde seine Zunge herausfallen, doch seine Arme umfingen mich wie Stahlbänder. Er stieß mich auf das große, weiche Bett. Er lag auf mir, zweimal so groß wie ich, preßte das Leben aus mir und den Atem aus meiner Brust. Seine Faust grub sich zwischen meine Beine, durchbohrte mich. Je mehr ich mich wehrte, desto gewaltsamer wurde er. Ich biß ihn in die Arme, und er brach mich beinahe entzwei. Schließlich gab ich auf und starb. Ich ließ das Leben aus meinem Körper fließen, während er erstarrte. Dann fummelte er mit einer Hand an seinem Sarong und zog seinen gekrümmten, sabbernden Pimmel hervor. Er hielt den Blick starr darauf gerichtet; ich schlüpfte unter ihm hervor und glitt auf den Fußboden. Er rollte sich auf den Rücken, die Hand zwischen den Schenkeln. Er atmete schwer; sein Körper hob und senkte sich. Ich entdeckte einen Schuh unter dem Bett und schmiß damit nach ihm. Ich wollte schreien, doch ich brachte kein Wort hervor. Ich hatte keine Stimme. Ich sprang auf und rannte aus dem Haus.

Ich wollte rennen, rennen, bis zu den Läden an der Kreuzung. Doch wenn ich davonlief und Joseph mich nicht verfolgte, dann wußte ich ja nicht, wo er war. Ich würde nicht wissen, wann ich zurückkehren konnte. Ich blieb am Gartentor stehen. Jeder Atemzug brannte wie Feuer; alles in mir war in wildem Aufruhr. Aber ich war machtlos. Also wartete ich, bis er sich zeigte.

Schließlich kam er die Auffahrt herunter. Er öffnete das Tor, ging die Straße hinab und verschwand. Ich folgte ihm bis zur Hauptstraße und dann weiter in Richtung Meer. Ich war diesen Weg noch nie gegangen. Ein Autobus fuhr vorbei, und ich verlor ihn aus den Augen.

Ich kehrte ins Schlafzimmer zurück. Das Bett war glattgestrichen, aber nicht so sorgfältig, wie es hätte sein müssen. Sein Geruch hing immer noch in der Luft.

In jener Nacht lernte ich, jedes kleinste Geräusch in der Dunkelheit zu identifizieren. Jedes Knacken im Garten, jedes Brummen auf der Hauptstraße, das Flügelflattern jeder Fledermaus, die im Jambaum schrie. Ich lauschte angestrengt, obwohl ich wußte, daß Schritte auf unserer gepflasterten Auffahrt kaum gehört werden konnten. Hätte ich doch nur Zeitungen oder dürres Laub verstreut oder einen Stolperdraht darüber gespannt und eine Glocke daran befestigt. Doch ich hatte es nicht getan. Und jetzt wußte ich in der Dunkelheit nicht, wann er sich wieder auf mich stürzte.

MISTER SALGADO PARKTE seinen Wagen unter dem Vordach, hielt sich mit einer Hand am oberen Fensterrahmen fest und hievte sich heraus. Der Wagen ächzte unter seinem Gewicht und neigte sich leicht auf die Seite. Er entknäuelte seine langen Beine und fragte: »Wo ist Joseph?«

Ich sagte ihm, ich wisse es nicht.

»Geh ihn holen.«

»Er ist nicht im Haus, Sir.«

»Was?«

Ich hatte im Haus nicht nach ihm gesucht, doch ich war sicher, daß ich es gespürt hätte, wenn er zurückgekehrt wäre. »Er ist seit gestern weg.«

Mister Salgado schaute mich an, als spräche ich chinesisch. »Seit gestern weg? Was soll das heißen?«

»Er ist irgendwohin gegangen, Sir. Er hat mir nichts gesagt.«

Mister Salgados Augen wurden ganz schmal; eine kleine, senkrechte Falte auf seiner breiten Stirn zog die Haut zwischen den Augenbrauen zusammen. »Lade den Wagen aus.« Er schloß den Gepäckraum auf, der mit Früchten und Kokosnüssen vollgestopft war. »Trage das alles nach hinten«, sagte er mit einer flüchtigen Handbewegung und ging nachdenklich ins Haus.

Ich fragte mich, was er wirklich über Joseph wußte.

Ich trug die glatten, glänzenden, rötlichen Kokosnüsse und eine kleinere Ladung Kochbananen in die Küche. Die Reisetasche brachte ich in sein Schlafzimmer.

»Tee, Sir? Soll ich Ihnen den Tee bringen?«

Er blickte mich an, als sei ich ein Fremder.

Dann blitzte in seinem Kopf etwas auf. »Ja. Bring den Tee.«

Es war ein seltsames Gefühl, weit und breit der einzige zu sein, der sich um ihn kümmerte, doch ich wußte, was ich zu tun hatte. Niemand brauchte mir Anweisungen zu geben. Als ich mit dem Teetablett zurückkehrte, fragte er mich: »Also, wohin ist Joseph gegangen?«

»Er ist mit einem Bus irgendwohin gefahren.«

»Ein Bus ist hierhergekommen?«

»Nein, Sir, auf der Hauptstraße. Er ist weggegangen und hat einen Bus genommen.«

»Bist du mit ihm gegangen?«

»Nein, Sir, ich habe ihn gesehen. Ich war auf dem Weg zum *kadé*.«

Ich wußte nicht, warum ich log, doch manchmal sage ich Dinge, die ich nicht sagen sollte, und ich kann sie dann nicht mehr rückgängig machen. Ich wollte ihm ganz genau erzählen, was ich gesehen hatte und was geschehen war. Doch die Worte kamen mir einfach nicht über die Lippen. Ich wollte mich nicht beschmutzen, wollte das, was vorgefallen war, nicht in Worte fassen. Es hätte alles verdorben. Joseph hätte für immer zwischen uns gestanden. Und das konnte ich nicht zulassen. Es war besser, sagte ich mir, nichts zu erzählen. So würde der Vorfall vielleicht verblassen. Würde verschwinden. Ohne Worte, die sie am Leben erhielten, würde die Vergangenheit sterben. Ich irrte mich. Sie ließ sich nicht versenken. Was geschehen war, war geschehen. Die Vergangenheit hängt sich an die Zipfel der Seele. Wenn man sie in Worte kleidet, kann man sie vielleicht einfangen. Abschneiden. Nachher kann man sie vielleicht in einer Schachtel verstauen und verbrennen, wie einen Brief. Vielleicht läßt sich nichts jemals verbrennen. Mir war elend zumute. Es war unmöglich, Mister Salgado die Wahrheit zu sagen, sosehr ich es mir auch wünschte.

Am späteren Nachmittag hörte ich das Gartentor knirschend hinter ihm ins Schloß fallen. Joseph stolzierte die Auffahrt hinauf. Ein Schwarm pickender Vögel flatterte vor ihm auf. Alles an ihm wirkte trotzig. Er trug ein kleines, in Zeitungspapier gewickeltes Paket unter dem Arm geklemmt; sein Sarong war vorn geschürzt, damit er längere Schritte machen konnte wie ein *candiya*.

Je näher er kam, desto lauter krächzten die Krähen. Ich spürte den Wind auf das Haus zu wehen, die Äste des großen Niaulibaumes neigten sich zu uns herunter, und die Gartengeister schwärmten herbei.

Ich wollte laut rufen, daß Joseph zurück war, doch es war nicht notwendig: Mister Salgado stand auf der vorderen Veranda und beobachtete ihn.

»Wo bist du gewesen?« hörte ich ihn fragen.

»Pettah, Sir.«

Mister Salgado stand auf der obersten Stufe. Mit der einen Hand stützte er sein Kinn zwischen zwei langen, gekrümmten Fingern, mit der anderen Hand umklammerte er den Ellbogen. Er blickte Joseph einen Moment lang stumm an. »Aha. Und was hast du da?«

»Nichts, Sir.«

»Nichts? Was ist das denn für ein Paket?«

Joseph wirkte etwas unsicher. Vom Garten aus konnte ich sein Gesicht nicht sehen, bis er die Achseln zuckte und sich von Mister Salgado abwandte. Da sah ich, daß seine Augen glänzten. Er war offensichtlich betrunken.

»Du gehst wohl besser«, sagte Mister Salgado leise. So leise, daß ich ihn kaum hörte. Joseph hörte ihn wahrscheinlich überhaupt nicht, betrunken, wie er war. Doch der Tonfall von Mister Salgados Stimme, seine Kopfhaltung, der Ausdruck in seinen Augen waren unmißverständlich. Er meinte wirklich gehen: »Räume das Feld; rolle deine Matte zusammen und verschwinde!« Mister Salgado hatte in seiner ruhigen, nüchternen, unspektakulären Art Joseph den Laufpaß gegeben. Er war gefeuert. Joseph begriff nicht.

»Du verläßt dieses Haus besser, bevor es dunkel ist. Nimm deine Siebensachen und geh. Ich will dich hier nicht wieder sehen.«

Mister Salgado wandte sich um und ging ins Haus. Bevor er verschwand, steckte er eine Hand in die Hosentasche und zog ein Bündel Scheine heraus. Er warf das Geld auf den Tisch: ein Monatsgehalt als Abfindung, Josephs Kündigung. Durch die drei lakonischen Sätze hatte Josephs Leben eine andere Wendung genommen. Er schaute drein wie ein Büffel, dessen Kopf durch Kalis Schwert mit einem kurzen Hieb abgetrennt worden ist: Er war tot, doch der Kopf war noch nicht gefallen, eine Tausendstelsekunde Illusion und Wirklichkeit glomm auf. Lebendig und tot zugleich. Die Zeit schmolz, tröpfelte mit jedem Atemzug, den er tat.

Ich hatte Bedauern mit Joseph, obwohl ich ihn haßte. In dem Moment, wo er in Ungnade gefallen war, hatten sich meine Gefühle ihm gegenüber verändert. Wie wenn man gegen eine störrische Tür hämmert, die plötzlich sperrangelweit aufgeht, und man sich erschrocken aufrichtet, um nicht das Gleichgewicht zu verlieren und Kopf voran ins Nichts zu stürzen. So erging es mir mit Joseph. Mit ein paar ruhigen, kaum hörbaren Worten hatte Mister Salgado unsere Welt auf den Kopf gestellt. Nicht nur Josephs Welt, sondern auch meine. Eine Revolution stand uns bevor. Im Licht dieser Erkenntnis schien sich Joseph vor meinen Augen von einem schäumenden Faß voller verkümmerter Frösche in einen mitleiderregenden Wicht zu verwandeln, verjagt aus dem kleinen Universum, in dem er sich als Herr aufgespielt hatte; der so stinkbesoffen war, daß er nicht einmal begriff, wie ihm geschah. Er kratzte sich schließlich am Ohr, raffte das Geld zusammen und schlurfte zum hinteren Hausteil. Er schien mich nicht bemerkt zu haben.

Ich nehme an, Joseph hatte sich seinen Dünkel durch das Rauchen von Zigarettenkippen und das Austrinken von Bier- und Schnapsresten im Gästehaus angeeignet, wo er gearbeitet hatte, bevor er in Mister Salgados Dienst trat. Er war einer von denen, die sich stets auf dem eigenen Mist wälzen. Er kannte jedoch seine Grenzen nicht. Er glaubte, es genüge, die Angewohnheiten seiner Vorgesetzten zu kennen, um selbst einer zu werden. Er war frustriert, weil er wußte, daß es in der Stellung, von der er träumte, keine Zukunft für seinesgleichen gab, und das hatte aus ihm ein Monster gemacht. Der Traum fraß ihn auf: zuerst das Gehirn, dann die Augen, den Hals, dann den Pimmel. Als er älter wurde, wurde er lederhäutiger, bis er nur noch Fleisch und Knochen war; in ihm war kein Platz mehr, weder für ein Gewissen noch für Moral, noch für ein Innenleben. Er war nur noch ein Stumpfschädel, ein verrohtes Monster. Böse Geister hatten sich in seinem Herzen eingenistet. Mein Mister Salgado war zu unschuldig, um das zu verstehen, aber an jenem Tag war ihm schließlich ein Schimmer aufgegangen, und er hatte instinktiv gewußt, was er zu tun hatte.

Ich sagte kein Wort zu Joseph. Er ging in sein Zimmer, und ich hörte ihn seine Sachen packen. Etwas später ging er ins Haus hinüber. Ich hörte ihn mit Mister Salgado reden; ich konnte nicht verstehen, was er sagte. Mister Salgado antwortete offenbar nicht. Als Joseph zurückkam, spuckte er mir vor die Füße. »Dreckskerle, werdet eines Tages noch Scheiße essen, Scheiße!« Er wandte sich ab und verschwand, laut das Haus verfluchend, schwörend, er werde Affenschädel und Schweinedärme in unserem Garten vergraben.

Später am Abend rief mich Mister Salgado zu sich. Er werde auswärts essen, sagte er. *Amma* Lucy war noch nicht zurückgekehrt. Er fragte mich, ob Joseph gegangen sei.

»Ja, Sir«, sagte ich. »Hat alle seine Sachen genommen und ist gegangen.«

»Er wird nicht zurückkehren.« Mister Salgado schaute mich an. »Kommst du zurecht allein?«

Ich nickte, ohne eigentlich zu wissen, was er damit meinte. Ich wußte bloß, daß mein Traum im Begriff war, Wirklichkeit zu werden.

»Du wirst dich also künftig um das Haus kümmern.«

Ich fühlte mich von der Verantwortung überwältigt. »Weiß nicht alles, Sir. Brauche vielleicht etwas Hilfe.«

Er senkte den Kopf und hüllte uns beide mit seiner Stimme ein. »Lucy wird weiterhin kochen, doch du solltest es von ihr lernen. Du wirst schnell lernen. Ich weiß das. Du bist ein tüchtiger *kolla*. Du solltest zur Schule gehen, wirklich …«

»Nein, Sir.« Ich war überzeugt, damals, daß mir eine überfüllte, chaotische Schule nichts bieten konnte, was ich in seinem freundlichen Haus nicht hätte lernen können.

»Alles, was ich zu tun brauche, Sir, ist Ihnen zuschauen. Einfach Ihnen zuschauen. So lerne ich wirklich etwas.«

Er seufzte und entließ uns beide behutsam in die Zukunft: »Warten wir's ab.«

Und so schaute ich ihm zu, schaute ihm die ganze Zeit unentwegt zu, und lernte, das zu werden, was ich bin.

II
KOCHLUST

Überall auf der Welt brachen Revolutionen aus. Dominos kippten reihenweise, und das Zeitalter der Guerillakriege brach an. Die erste Premierministerin der Welt – Mrs. Bandaranaike – verlor auf unserer kleinen Insel ihr melodramatisches Premierministeramt, und ich lernte die Kunst, einen gepflegten Haushalt zu führen.

Sam-Li in Nummer fünf zeigte mir, wie man Pfannengerührtes zubereitet und eine Frühlingszwiebel in eine Teichrose verwandelt. Dr. Balasinghams Sohn Ravi im Haus nebenan, der vom Wilden Westen besessen war, führte mich im Küchenhof seines Vaters in die Geschichte der Apachen ein. Er schrie »Geronimo!« und schoß die Pfeile ab, die ich mit abgeflachten Nägeln bestückt und mit Bülbülfedern geschmückt hatte. Einmal traf er mich am Kopf: Ein guter Viertelinch Nagel bohrte sich in meinen Schädel und hinterließ eine kreisrunde Narbe, die ich in Streßsituationen heute noch spüre. Als Gegenleistung für meine Bereitwilligkeit, den Toten zu spielen und sonstige harmlosere Beschwörungsrituale über mich ergehen zu lassen, ließ er mich seine ABC-Fibel und seine englischen Lesebücher verschlingen. Er hatte einen privaten *guru*, den er nachäffte, kratzte sich in der Leistengegend und mäkelte an mir herum, weil ich den Reis stur in mich hineinschaufelte, während er in höchsten Tönen die Klugheit der Papageien und der Sperlinge lobte, die bei ihm zu Hause in Käfige gesperrt wurden. Es machte mir nichts aus; ich zog aus dem Zusammensein mit ihm mehr Nutzen, als er sich vorstellte.

55

Nachdem Joseph weg war, kam der Kurzwarenhändler nicht mehr vorbei, doch die anderen Straßenhändler blieben nach wie vor an unserem Gartentor stehen, boten ihre Waren an und lernten mit der Zeit, mich als die für das Haus zuständige Person zu betrachten. *Amma* Lucy war auf ihre alten Tage endgültig in ihr Dschungeldorf zurückgekehrt, das inzwischen zu einer dichtbevölkerten Siedlung angewachsen war. Ich trug mein Haar in der Mitte gescheitelt, schoß schubweise in die Höhe und staunte über das Wunder, das mich meine Nische im Haus hatte erobern lassen.

Mr. Dias Liyanage war Mister Salgados engster Freund. Sie kannten einander seit der Schulzeit. Dias war nach dem Studium in die Fußstapfen seines Vaters getreten und Staatsbeamter geworden. Sein Vater war seinerzeit mit der Organisation des Besuchs der Queen betreut gewesen, als sie zum ersten Mal aus England gekommen war, und Dias prahlte damit, daß er mit ihr geplaudert und sie – in Kniehosen – auf der ganzen Reise bis Polonnaruwa begleitet habe. Er hatte eine ganze Menge Geschichten auf Lager, die Mister Salgado zum Lachen brachten. »Wenn ich mich richtig erinnere, standest du damals doch kurz vor dem Abi?« neckte er ihn. Dias schaute erstaunt drein. »Was? Nein, nein …« Nach einer kurzen Pause gab er zu: »Meinetwegen, ich war vielleicht sechzehn und trug wohl bereits die lange Collegehose.« Er räkelte seinen Hals aus dem Kragen wie eine Schildkröte, drehte den Kopf hin und her, räusperte sich – und hatte eine weitere Geschichte parat.

Eines Abends erschien er mit einem großen kunstledernen Aktenordner unter dem Arm, der mehrfach mit einem roten Band umwickelt war. »Triton, wo ist er?« Mister Salgado war in seinem Arbeitszimmer. Ich ging ihn rufen. »Neuigkeiten?« fragte Dias, als Mister Salgado ins Zimmer schlenderte. »Hast du schon etwas gehört?«

»Erst mal einen Drink?«

»O. K. Einen einzigen.«

Ich holte eine eisgekühlte Flasche Bier und füllte zwei große Gläser bis zum Rand.

Dias grinste mir zu: »Ahhh ... tut gut, ein kaltes Bier, nicht wahr, Triton?« Er zog paffend an seiner Zigarette und nahm einen langen Schluck. »Herrlich! Sag mal, haben die Kerle noch nichts von dem Projekt verlauten lassen? Kein Job in Aussicht? Oder will deine berühmte Stiftung zuerst sehen, woher der Wind bläst, was?« Er gluckste vor Lachen – wie meist in Gegenwart von Mister Salgado –, seine Schultern zuckten auf und ab, und sein Kopf schnellte hin und her wie ein Punchingball, aus dem kleine Rauchwolken aufstiegen. Er war immer fröhlicher Laune, unser lieber *mahatmaya* Dias. Ganz anders als Mister Salgado. Er war kleiner als er, doch weil er so strahlte und von Geschichten nur so übersprudelte, schien er mehr Raum zu füllen. Er rauchte eine Zigarette nach der andern, während heiser-kichernde Wörter, Glucker oder – auch das muß gesagt werden – ungenierte Rülpser aus ihm herausblubberten. Seine Freunde hatten ihren Spaß an ihm und nannten ihn manchmal *Andrews* – nach dem Brausesalz, mit dem sie gewöhnlich ihren Wochenendkater purgierten.

»Ob du's glaubst oder nicht, vorige Woche habe ich eine kleine Bootsfahrt nach Hikkaduwa unternommen; in einem dieser Dinger mit Glasboden. Unglaublich, das viele Zeug unter Wasser, genau, wie du gesagt hast. Mir wurde ganz schwindlig, allein schon vom Schauen. Mensch, hätt' ich mir nie vorgestellt, daß es so vielerlei unwahrscheinliche Formen gibt. Und die Fische erst ...«

Mister Salgado nickte. »Man muß weiter südlich gehen«, sagte er. »Südlich von Galle befindet man sich in einer anderen Welt. Absolut märchenhaft. Ist alles im Verschwinden begriffen. Ich muß dich unbedingt hinführen, solange es nicht zu spät ist.«

»Ich hab' dir ein paar Akten mitgebracht, die die Leute vom Fischereiministerium zusammengestellt haben. Es ist darin unter anderem auch vom Korallenhandel die Rede.«

Mister Salgado löste den mehrfachen Knoten und öffnete den Ordner. Er überflog die Seiten. »Seit den achtziger Jahren des letzten Jahrhunderts werden Untersuchungen vorgenommen, doch ich glaube kaum, daß sich jemand bewußt ist, was tatsächlich passiert. Korallen wachsen fast so schnell wie Fingernägel, doch wie schnell das Aussterben geht … das weiß keiner.«

»Dynamit und all das Zeug, ja?«

»Was du willst: Bomben, Sprengen, Netze.« Mister Salgado ließ den Aktenordner auf das Tischchen fallen. »Dieser Polyp hier zum Beispiel ist unglaublich empfindlich. Er hat Ewigkeiten überlebt, aber selbst die kleinste Veränderung seines unmittelbaren Lebensraums – ja sogar wenn du aufs Riff pinkelst – kann ihn töten. Dann verschwindet alles. Und wenn die Struktur des Riffs zerstört ist, wird sich das Meer über das Festland ergießen, schwemmt den Sand weg, und der Strand geht unter. Das ist meine Hypothese. Nur sozusagen die Haut des Riffs lebt. Lebendige Materie: Fleisch. Unsterblich! Selbsterneuernd!« Mister Salgado machte eine wegwerfende Handbewegung. »Doch wen kümmert das schon.«

»Daher brauchen sie dich, Mann. Die Stiftung. Ja sogar die Regierung. Das Ministerium. Sonst ist das ein gefundenes Fressen für irgendeinen Kanaken.« Dias steckte eine neue Zigarette am glimmenden Ende der eben fertiggerauchten an. »Ein gefundenes Fressen, hörst du?«

»Sie behaupten, sie hätten irgendwelche Gelder, doch ich bin mir noch nicht im klaren.«

»Mensch, Ranjan, sei vernünftig! Du mußt einsteigen!

Nach all dem Papierkrieg und den vielen Briefen, die du diesem Blödmann von einem Minister geschrieben hast … diesem *gombass*. Du bist es dem Land schuldig, Mann. Hörst du? Du kannst jetzt nicht einfach alles an den Nagel hängen.«

Mister Salgado lehnte sich in seinem Sessel zurück und fuhr mit zwei aneinandergepreßten, gestreckten Fingern über die Lippen, als ziehe er die inneren Konturen seines Mundes nach. »Du kannst sicher sein, wenn aus dem Ganzen etwas wird, legt irgendein hohes politisches Tier seine fetten Hände drauf. Und ich muß jeden Tag um eine besondere Gefälligkeit bitten und besondere Gefälligkeiten erweisen. Mein Leben wird nur noch aus Speichellecken und Katzbuckeln und Schulterklopfen und Süßholzraspeln an allen Ecken und Enden bestehen. Warum soll ich mich darauf einlassen, frage ich dich? Ich will niemand gegenüber verpflichtet sein. Ich komme ganz gut zurecht allein.«

»Unsinn, Mann. Den Kerlen wachsen doch die Probleme über den Kopf. Voriges Jahr die Abwertung und jetzt das ganze Palaver mit den Distriktverwaltungen. Überleg dir doch mal. Was sie dringend brauchen, sind Erfolgsstorys! Um zu beweisen, daß dieses Land endlich auf dem Weg ins zwanzigste Jahrhundert ist. Ein Landrover, ein dicker Bericht. Politik, was? Das ist alles.«

»Ich habe nicht viel Erfahrung vorzuweisen, das weißt du. Bloß, es versteht keiner mehr davon.«

»Genau. Genau das ist es.«

»Ich muß es mir überlegen.«

»Verdammt, Ranjan, manchmal stehst du dir selbst im Weg.«

Sie hatten ihr Bier ausgetrunken; Mister Salgado würde sich und Mr. Dias bestimmt eine zweite Flasche gönnen und anschließend einen Teller dampfender *string-hoppers*, begleitet von einem höllisch scharfen Fischcurry.

Ich war mittlerweile ein Experte in Küchendingen. Obwohl ich beim Fritieren von Fischbällchen meine Hand als Spatel benützte, war der mittlere Knöchel meines rechten kleinen Fingers ebenso empfindlich wie ein Quecksilberröhrchen, wenn es darum ging, die richtige Öltemperatur für einen perfekten *string-hopper*-Teig festzustellen. *Curry-in-a-hurry* gehörte ebenfalls zu meinen Spezialitäten: Ich brachte es fertig, ein leckeres Rotbarschgericht in einer Rekordzeit von genau zwölf Minuten auf den Tisch zu bringen − auf die Sekunde genau −, und die zwei würden hin und weg sein.

An jenem Abend war das Mehl feucht und mußte auf einem Blech geröstet werden, bevor es gesiebt werden konnte. Ich war eben dabei, es in eine Zeitungspapiertüte zu schütten, als Mister Salgado eintrat. Er fragte mich, was ich mache. Ich sagte, ich sei am Vorbereiten der *string-hoppers* für das Abendessen.

»Brauchst dich nicht zu beeilen«, sagte er. »*Mahatmaya* Dias ist gegangen.«

Ich war erstaunt, tat aber so, als sei ich es nicht, und zuckte die Schultern.

»Und für Sie, Sir?«

Er schüttelte den Kopf. »Nichts heute abend.«

»Nur eine Kleinigkeit, Sir«, wandte ich ein.

Er schaute sich einen Moment lang nachdenklich in der Küche um. Sah meine Pagode Bambuskörbchen auf der Anrichte, die ich für die *string-hoppers* bereitgestellt hatte. Ein Schatten schien sein Gesicht zu streifen.

»Sandwich«, sagte er schließlich. »Bring mir bloß ein Sandwich.«

TROTZ SEINER BEDENKEN nahm Mister Salgado den Job an. Sein Tagesablauf richtete sich jetzt nach einem regelmäßigen Stundenplan. Um acht Uhr dreißig brauste er in seinem Wagen davon und kehrte erst kurz vor dreizehn Uhr zurück. Ich trug das Essen auf. Er verschwand zu einem Nickerchen in seinem Zimmer und kehrte meistens nach vierzehn Uhr in sein Büro zurück. Hin und wieder war er mehrere Tage weg, raste zu seiner Beobachtungsstation an der Küste hinunter, an Josephs Heimatstadt vorbei, wo der südlichste Zipfel der Insel bauchig ausläuft und sich wieder aufwärts windet, — jener magischen Gegend der Geisterbeschwörer, Teufelstänzer und wilder Elefanten aus einer Zeit, lange bevor unser guter Lord Buddha erschien, um uns von unseren wahnsinnigen Dämonen zu befreien. Während seiner Abwesenheit hatte ich jede Menge Zeit für mich selbst: Die Welt gehörte mir. Es gab viel zu tun im Haus. Ich machte schnell einmal die bittere Erfahrung, daß die Natur überhandnimmt, wenn man nicht ständig hinterher ist: Die Dinge geraten außer Kontrolle. Die Zimmer versanden, die Türen hängen schief in den Angeln, in der Küche breitet sich schwarzer Schimmel aus, und man muß sich durch die Finsternis tasten. Doch ein paar Stunden genügten, um, eins nach dem andern, alles zu erledigen, und ich richtete es so ein, daß mir immer noch genug Zeit blieb, ganz einfach das Leben zu genießen. Dr. Balasingham im Haus nebenan war vorsorglicherweise mit seiner Familie nach Amerika in eine Appalachenblockhütte ausgewandert, und ich verlor meinen kopffedergeschmückten Spielgefährten, doch ich war nicht weiter traurig darüber. Ich hatte Fortschritte im Lesen gemacht. Ich saß stundenlang in Mister Salgados Arbeitszimmer über seinen *Reader's-Digest*-Heften, seinen *Life*-Magazinen, seinen Enzyklopädien. Vor den Bücherregalen stand ein niedriger Tisch, auf dem er nach dem Bad im Schneidersitz, mit einem Buch im Schoß, zu lesen pflegte. Wenn er die Seiten wandte und der papierne Strahl den blaßgelben Lichtstrahl einfing, spürte ich, wie die Luft sich bewegte. Ich genoß es auch, ungestört in einem Raum ganz für mich allein zu sitzen, aus dem die ganze Vergangenheit geräumt worden war, in dem nichts mehr war, nichts um mich herum, außer einer in Papier gebündelten Stimme, einem Muster aus Zeichen, das in meine Stille drang. Als ob jemand das graue, weiche Gewebe meines Hirns ritzte, auf Wasser schrieb und mein Geist sich kräuselte. Ich versank, während die Haut des Buches die Haut meines Daumens und meines Zeigefingers rieb. Ich nahm Gedanken um Gedanken in mir auf und vergaß, wo der eine begann und der andere endete. Das einzige Geräusch: das Rascheln des zwiebelschalendünnen Papiers von Geschichte zu Geschichte, wie in der Sommerbrise lispelnde Bäume.

Doch ich sehnte mich ebensosehr nach der wirklichen Welt; ich wollte Mister Salgados berühmten Ozean sehen und das Leben außerhalb unseres Gartentors. Am Tag, als Mr. Dias in eine Abwassergrube fiel, bot sich mir die Gelegenheit.

Es passierte genau vor unserem Haus. Auf dem verwilderten Brachland neben Nummer zehn wurde ein Bungalow gebaut, und ein Graben zog sich bis in die Straße hinaus. Er war beidseitig mit dicken Brettern gesichert. Dias, anstatt wie jeder vernünftige Mensch in der Mitte der Straße zu gehen, steuerte geradewegs auf den Graben zu. Plötzlich stürzten die zwei deutschen Schäfer von Nummer zehn knurrend zum Tor, und Mr. Dias schlug einen Haken wie ein Hase; zwei Sekunden später rutschte er aus und fiel in die Grube. Ich lief hinaus, um ihm herauszuhelfen. Er war über und über mit dickem rotem Schlamm bedeckt und fluchte, wie ich ihn noch nie hatte fluchen hören: »Scheiße, Scheiße, Scheiße. Verdammte Scheiße.«

»Ein Scheißloch«, sagte er beim Betreten des Hauses zu Mister Salgado. Er war so wütend, daß er kaum wiederzuerkennen war. »Eine regelrechte Scheißgrube«, sagte er zu mir.

Mister Salgado verkündete: »Ich nehme *mahatmaya* Dias mit zum Observatorium, du begleitest uns.«

»Was mitnehmen, Sir?« fragte ich.

»Nur das Übliche.«

Doch was war das Übliche? Nichts war üblich in unserem unüblichen Haus, in dem, soweit ich das feststellen konnte, alles nur aufs Vergessen ausgerichtet war. »Muß ich kochen oder sonst noch etwas, Sir?« Für gewöhnlich, wenn er allein verreiste, packte ich nur seine Kleider: seine Khakibaumwollhose, das gelbe Safarihemd, seine Badehose, seine Y-Jockeys und seine weißen Socken; feste braune Stiefel in einer separaten Tasche. Er wohnte jeweils in einer nahegelegenen Pension. Doch wenn wir ihn begleiteten, wußte ich nicht, was vorgesehen war.

»Ja, du wirst kochen müssen. Wijetunga hat nur einen kleinen *kolla*. Du nimmst am besten etwas Wäsche mit und was es sonst noch braucht. Wir wohnen alle im Bungalow.«

Ich mußte also auch Zutaten in einen Karton packen: Mehl, Öl … alles, was man so zum Kochen braucht. Bier und Wasser, Tee, Milchpulver, Zucker. Eine Kühlbox mit Speck und Butter. Meine Bratpfanne, mein Fleischermesser, eine ganze Menge unentbehrlicher Dinge. Ich wollte sichergehen, daß alles reibungslos klappte – in jeder Situation und wo auch immer.

Als Dias wieder erschien, geduscht und mit sauberen Kleidern, rief Mister Salgado uns zusammen und durchlöcherte uns mit Fragen: Das meiste hatte ich zwar gepackt, dennoch gab es noch ein paar Dinge, an die ich nicht gedacht hatte, seine Leica zum Beispiel und sein Transistorradio. Das war seine Sache, nicht meine. Ich hastete im Haus herum, trug jede Menge überflüssigen Plunder zusammen und stapelte alles unter dem Vordach: einen kleinen Berg portabler Zivilisation, aus dem alten Haus zutage gefördert, bereit, im Gepäckraum des Landrovers verstaut zu werden.

Mister Salgado bestand darauf, den Wagen selbst zu laden. Er machte die Hecktür auf und begann, die Kartons zu verfrachten. Ich half ihm. »Nein, stell das in die Ecke … gut, jetzt diesen hier.« Eine Meisterleistung! Er wußte genau, welche Formen ineinander paßten, um den Raum voll zu nutzen. Er hatte alles in seinem Kopf bis ins kleinste geplant: Mein Berg verschwand in einem Gepäckpuzzle, kleiner als ein Feldbett.

Dias gluckste anerkennend: »*Sha!* Perfekt. Wie hast du bloß alles hineingebracht, Mann. Genial.«

»O. K. Startbereit, Dias?«

»Zu allen Schandtaten bereit. Schauen wir uns deinen verdammten Ozean an.«

Mister Salgado blickte mich an.

»Alles abgeschlossen? Türen und sonst?«

Ich schwirrte ums Haus herum wie eine Schmeißfliege. Die hintere Verandatüre mußte noch verriegelt werden, das war alles. Als ich zum Vorplatz zurückkehrte, saßen die beiden anderen bereits im Wagen. Mister Salgado auf dem Fahrersitz wie immer, und Dias vorn neben ihm.

Mister Salgado lenkte den Wagen langsam die Auffahrt hinunter und durchs Tor, das ich kräftig zuschlug, dann legte ich sorgfältig eine verzinkte Sträflingskette vor.

»Steig ein«, sagte Mister Salgado und zeigte mit dem Daumen über die Schulter. Ich hüpfte auf den Rücksitz – und wir waren weg.

Als wir unter die großen Schattenbäume einbogen, schaltete Mister Salgado geräuschlos in den höchsten Gang.

»Ah, des Südens Wärme …«, murmelte er vor sich hin.

»Was?«

»Poesie.«

»Was für Poesie?«

»Englische Poesie. Mein Vater pflegte Gedichte dieser Art zu rezitieren …«

»*Oy, oy,* paß auf die verdammte Kuh auf, Mann!«

Mister Salgado riß das Lenkrad herum, wir machten einen Schwenker nach rechts und streiften den Schwanz des Tieres, das war glücklicherweise alles. Dias lachte: »Du hast sie gestreift, du hast sie erwischt.«

Sein Kopf hüpfte auf und ab. Mister Salgado schaute besorgt drein. Durchs Heckfenster sah ich eine schaukelnde, ausgemergelte Gestalt: Die Kuh humpelte adrenalinbetäubt über die Straße, schien jedoch nicht ernstlich verletzt zu sein. Mister Salgado starrte geradeaus, seine Finger umklammerten das Lenkrad. Er sagte nichts. Dias hopste auf dem Sitz auf und ab; blauer Rauch entwich aus seinem Mund. Er schüttelte sich vor Lachen, während sein Kopf auf seinen fetten Schultern wackelte. Mir war eher mulmig zumute. Es verhieß nichts Gutes, eine Kuh anzufahren, die Quelle von Milch und Mühsal. Selbst wenn man an Poesie denkt und auf dem Weg ist, die Insel vor dem Meer und den Geist vor ewiger Finsternis zu retten, gehörte sich das nicht. Als wir an einen kleinen Tempel neben einer Brücke gelangten, war ich erleichtert. Lastwagen und Busse verstopften die Straße. Wir mußten anhalten.

»Willst du nicht deinen Obolus entrichten? Zehn Cents für die Götter?« fragte Dias.

Mister Salgado zuckte die Achseln. Unter dem Bo-Baum im Tempelhof beteten Gläubige, Fahrer und Passagiere steckten Geld in einen Opferstock an der Wand. Ich lehnte mich nach vorn.

»Sir? Ich denke, wir sollten.«

»In Ordnung. Aber beeil dich.«

Ich sprang aus dem Wagen, steckte zehn Cents in die Büchse für unser aller Heil und legte hastig die Handflächen aneinander – eine Geste, die eher nach Applaus als nach Gebet aussah. Vielleicht vermochten die zehn Cents unsere Schuld gegenüber der verträumten Kuh auf der Straße zu tilgen.

»O. K.?« fragte Mister Salgado, als ich wieder in den Wagen kletterte.

Wenn ich so großen Wert auf meine unaufgeklärten Bräuche legte, warum mich daran hindern, dachten wohl beide. Doch ich war nicht gläubig. Ich bin, auf meine Art, ein Rationalist wie Mister Salgado, verlasse mich aber vielleicht weniger aufs Glück. Ich glaube an taktischen Gehorsam, das ist alles. Wenn der Tempel auch nur den kleinsten Einfluß haben könnte, wenn tatsächlich eine Macht oder ein Wesen oder eine Gottheit oder was auch immer mit zehn Cents besänftigt werden kann – warum ein Risiko eingehen? Schlimmstenfalls tragen die zehn Cents dazu bei, den Ort sauberzuhalten oder den Bauch eines Mönchs zu füllen, der sonst vielleicht auf der Straße sein Unwesen treibt. Also ließ ich die Münzen mit Bedacht in den Opferstock fallen – nicht unbedacht, wie Mister Salgado und Mr. Dias bestimmt dachten.

Als ich sie von hinten betrachtete, stellte ich einen großen Unterschied zwischen den beiden fest, vor allem zwischen ihren Ohren. Natürlich waren beide intelligente, gebildete Männer, doch Dias' Ohren waren klein und klebten eng am Schädel, aus dem in regelmäßigen Abständen eine kleine Tabakwolke aufstieg. Seine Ohren waren kaum vom übrigen Kopf zu unterscheiden, sie waren noch nicht fertig geformt: Ein Fötusohr, eine Knospe, unempfänglich für den Ruf der Natur – für meinen Ruf nach einem Pinkelstopp vorhin: »Sir, *su-barai*!« Während Mister

Salgados Ohrpaar perfekt gegliedert war: Jedes Ohr eine lange, zarte hohle Hand, die zwischen seinem schwarzen Haar hervorlugte, mit einem feingeäderten Stengel seitlich am Kopf befestigt, genau in der Mitte zwischen oben und unten, das Ohrläppchen göttergleich lang. Mir kam es einen Moment lang vor, als ob die zwei Köpfe und die dazugehörenden ungleichen Ohren zu zwei verschiedenen Gattungen gehörten, die nur dank der Enge eines Fahrzeugs und dem Faden einer gemeinsamen Sprache zueinandergefunden hatten. Ich fuhr mit dem Finger meine trompetenförmige Ohrmuschel entlang und versuchte, sie mir bildhaft vorzustellen. Meine Ohren waren zwar groß – größer als die von Dias jedenfalls –, trotzdem zerrte ich an den Läppchen, um sie in die Länge zu ziehen: Je länger, je besser, sagte mein Onkel immer. Schließlich war ich noch im Wachsen. Dias hingegen war eindeutig ausgewachsen.

Dias war während der Zeit der Engländer geboren. Als 1942 die Japaner Colombo angriffen, war er noch ein Nesthupfer in Galle Face Green, am Stadtrand im Norden von Colombo. »Sechs *Zeros* tauchten am Himmel auf, und ich rannte auf Teufel komm raus in Deckung …«, pflegte er jeweils in die Gästerunde zu werfen, um die Aufmerksamkeit auf sich zu lenken. Nachdem ich in unserem Eßzimmer seine von Fingertrommeln und dampfendem Reis begleitete Geschichte zum ersten Mal gehört hatte, dachte ich lange Zeit, es handle sich um vom Himmel fallendes Geld – hatte man uns doch erzählt, in England werde nach dem Regen jedermann reich, die Leute brauchten sich bloß zu bücken. Sechs Zeros, sechs Nullen also, zehn Lakhs, eine Million Rupien … ich dachte mir, daß vielleicht Mister Salgado es ebenfalls auf diese Art und Weise offensichtlich zu etwas gebracht hatte. Doch später begriff ich, daß von Flugzeugen die Rede war. Sie tauchten mit Bomben beladen am Horizont aus dem Nichts auf, um die Insel zum Explodieren zu bringen. Es waren die ersten Explosionen dieser Art – viel explosiver als die alten Donnerkanonen aus dem 16. Jahrhundert. Vorboten der Selbstvernichtung, die uns vierzig Jahre später bevorstand dank unseren Staffeln neu ausgerüsteter MiGs und ihren Kanistern selbstgebrauten Napalms, die einen Krieg am Himmel nachahmten, der weit schrecklicher sein würde, als jeder Kamikazepilot sich jemals hätte vorstellen können. Baby Dias sauste also mit flach angelegten Ohren in den Karren eines Straßenverkäufers auf dem Gehsteig und stieß einen Eimer Erdnüsse um. Der Lärm erschreckte offenbar einen zum Himmel fluchenden Obersten dermaßen, daß er sich selbst in den Fuß schoß. »Das Gewehr«, erklärte Dias leicht beschwipst, »ruhte sozusagen malerisch wie ein Parasol auf seiner Schuhspitze. Vor lauter Aufregung und dem Geschepper und Gedröhne überall drückte der arme Teufel ab. Jagte sich selber die große Zehe in die Luft – schon so etwas gehört?« Er war der einzige Verletzte in Green. Er mußte in aller Eile ins Krankenhaus gebracht werden. Klein Dias wurde derart ausgescholten, daß er in sein Bettchen kroch und zwölf Stunden lang an seiner metallenen Erkennungsmarke lutschte, während der Rest der Stadt sich für die bevorstehende Invasion rüstete. Es fielen noch ein paar Schüsse, ein Flugzeug stürzte in ein Reisfeld, und die japanischen Kampfflieger kehrten um und verschwanden in der dunstigen roten Sonne. Der Krieg verlagerte sich anderswohin und vergaß glücklicherweise diesen Flecken Erde, wo ein paar glückliche alliierte Soldaten zum Zeitvertreib mit Papayas und Kaktusfeigen kämpften und eifrig wehmütige Erinnerungen an eine tropische Idylle für ihre Veteranenbungalows in Eastbourne und Chichester sammelten. Währenddes Klein Mister Salgado – fasziniert von all den Geschichten von Schwerkraft, Erdnüssen und

Schußwechseln um seinen Freund Baby Dias in jenem schicksalhaften April – ein wissenschaftliches Genie wurde und ein Liebhaber von Poesie. »Bewegung«, pflegte er mit seiner tiefen Stimme die Geschichte seines treuen alten Freundes feierlich zusammenzufassen, »das Geheimnis liegt in der Bewegung.«

In meiner Kindheit lernte ich in der Schule Sprache und Geschichte, etwas Geographie, die vier Rechenoperationen; Wissenschaft jedoch, das war ein großes schwarzes Loch. Mein pflichtbewußter Lehrer überließ die Wissenschaften der Natur; er war der Ansicht, wir würden uns das Wesentliche durch spielerisches Forschen aneignen. Die Sprache sei es, pflegte er zu sagen, was uns von den Affen unterscheide – und das war es, was er lehren wollte. Von meinem Mister Salgado lernte ich jedoch das Gegenteil: Sprache ist, was man sich spontan aneignet – jedermann redet, kein Problem –, Wissenschaft jedoch muß systematisch durch Studium gelernt werden, will man jemals aus dem Sumpf unseres psychotischen Aberglaubens auftauchen. Sie ist es, die unser Leben verändert. »Die Elektrifizierung des Dorfes oder die Erleuchtung des Geistes, was kommt zuerst?« fragte er seinen Freund Dias. »Was nutzt es, die alten Palmblattschriften im Licht des Mondes zu entziffern und dabei langsam zu erblinden?« Aber Sir, hätte ich ihn gern gefragt, wie fädelt man Magnesiumglühfäden in Kupferlegierungen und verwandelt elektrische Sehnsüchte in eine freundliche Voltspannung, ohne Lesen und Schreiben zu lernen und die Vergangenheit und Gegenwart voneinander zu unterscheiden? Wie erklären, daß das Aufleuchten der Glühbirne am Ende des Drahtes durch das Antippen eines Schalters an der Wand ausgelöst wird, ohne eine Ahnung von Geschichte und Überlieferung zu haben? Sonst könnte man ja glauben, daß ein strahlendes göttliches Licht aus einer allmächtigen Glühbirne in seiner unendlichen Weisheit irgendwie deine Hand dazu veranlaßt hat, den hübschen verschnörkelten Schalter zu betätigen – und nicht umgekehrt. Mein Mister Salgado hatte diese Dinge alle studiert. Er hatte die ganze Welt bereist. Das war es wahrscheinlich, warum für ihn alles Bewegung war: Bewegung erklärt alles. Für mich war es nicht offensichtlich. Er räumte allerdings der Gerechtigkeit halber verschmitzt ein, daß Wissenschaft nur soviel wert sei wie die Überlegung, die dahintersteckt. Ohne einen soliden Rahmen droht die Wissenschaft eines Tages außer Kontrolle zu geraten: in zehn, in hundert oder tausend Jahren. Dias fragte ihn einmal: »Sag, was meinst du eigentlich mit diesem verdammten Rahmen dahinter, Mann?« Und Mister Salgado antwortete: »Die richtige Philosophie. Entweder du entscheidest dich fürs Beobachten und das Klassifizieren, oder du entscheidest dich, Visionen zu klassifizieren. Ein echtes Dilemma.«

»Ist das alles?«

»Es enthält alles.«

Wir fuhren stundenlang; glitten über einem Asphaltband die endlose Umschlingung von Ufer und Meer entlang, die von einem Fries wogender Kokospalmen gesäumt war, von klaren, schnörkellosen Formen, die das saphirfunkelnde Kaleidoskop der Meereslandschaft einrahmten. Über uns schoß eine Leitlinie aus grünen und gelben Blättern pfeilgerade einem Fluchtpunkt entgegen, den wir nie erreichen würden. Zwischendurch wölbte sich die Straße wie der Kamm einer brandenden Welle, die sich dann in den Ozean zurückzog. Wir flitzten mit atemberaubender Geschwindigkeit über das geteerte Marschland. Ich war in meinem Leben noch nie so schnell gefahren. Durch das Rückfenster sah ich die Straße unter uns hervorströmen und zu einem Anblick in Silber gegossener, einlullender Zeitlosigkeit erstarren. Wir überholten den einsamen rauchspuckenden

Überlandbus oder einen kurzatmigen Lastwagen mit einer aufgeplusterten Ladung Heu. Wir rasten durch belebte Städte und durch dösende Dörfer. Wir fuhren an Kirchen und Tempeln vorbei, an Kreuzen und Statuen, an grauen Baracken und von Gitterwerk umschlossenen Herrschaftshäusern. Mister Salgado drosselte das Tempo erst, als wir zu den Gebeinhaufen versteinerter Korallen gelangten – fünf Fuß hohe Pyramiden neben rußigen Kalköfen –, die die Parzellen einer Reihe verarmter Kalkbrenner voneinander abgrenzten: zukünftiges Zementfutter, das am schönsten Küstenstrich zerbröselte. »Sieh dir das an«, sagte er zu Dias, »wird tonnenweise verhökert.«

Als wir beim Bungalow anlangten – seinem Observatorium am Meer –, brachte ich den Rest des Tages mit meinen üblichen Beschäftigungen zu: einräumen, Betten machen, kochen, auftragen, abräumen, abwaschen, aufräumen, wegschließen. Doch wenn ich aus dem Fenster schaute, raubte es mir jedesmal den Atem. Der Bungalow verschwand unter riesigen grünen, im Sonnenlicht glänzenden Blättern, die Licht und Schatten widerspiegelten. Der Sandgarten, die Krotonbüsche, die Ranken am Spalier vor der Küche – alles schien Leben zu atmen. Die Zimmer waren klein; die Wände waren hellgrün gestrichen, und die Fußböden waren nachgedunkelt. Selbst die Möbel schienen mit Schatten gesprenkelt zu sein, doch wenn ich den Kopf hob, erblickte ich zwischen den Bäumen hindurch das in glühend goldenes Licht getauchte Meer. Die Farbe, das Branden überwältigten. Es war, als sei man in einer Muschel: ein endloser Pulsschlag. Beklemmend und anziehend zugleich. Unmöglich, sich zu entziehen. Ich verstand jetzt, warum Mister Salgado sagte, das Meer werde das Ende von uns allen sein. Während der zwei Nächte unseres Aufenthaltes spürte ich das Meer näher kommen; Welle um Welle ein Sandkorn näher, um das Leben aus uns zu spülen. Es heißt, in der Meeresluft fühle man sich wohler. Weil das Rauschen einen in den Schlaf wiegt, nehme ich an. Aber ich fühlte mich hilflos. Ja, nach einer gewissen Zeit geriet ich sogar in eine Art Panik. Und als wir endlich Mister Salgados Instrument besichtigen durften, das uns alle vor einem nassen Grab retten würde, fühlte ich mich keineswegs ruhiger. Ein schwarzer Kunststoffordner voller Zeichen und Zahlen, die Wijetunga, sein Assistent, zweimal am Tag aufzeichnete, nachdem er die Flutmarke am Strand gemessen hatte, die Korallen gezählt, die Meerschnecken, die Seeigel, die Barracudas und sonstigen Fische, denen er unter Wasser, beim Schnorcheln entlang der zwischen zwei Pfählen gespannten Bojenleine, begegnete. Das kam mir bescheiden vor in Anbetracht der riesigen Dünung des Ozeans, doch ich hielt es nicht für angebracht, mich Mister Salgado oder Dias gegenüber zu äußern. Später, am Abend, nachdem ich den Fisch gebraten hatte, fragte ich Wijetunga, ob das nun tatsächlich alles sei: Zahlen auf einer Schiefertafel am Meeresufer. Doch weil er soviel Zeit unter Wasser mit der Untersuchung von schnörkeligen prähistorischen Lebensformen verbrachte, hatte er offenbar die Sprache verloren. Er schaute drein, als ob sein Herz sich danach sehnte, ja das Bedürfnis hatte, sich mitzuteilen, sein Mund aber war verkorkt und hielt seinen Atem zurück. Er war ein gebildeter Mann mit einer winzigen, sauberen Handschrift. Als Mister Salgado ihn bat, sich zu den Mahlzeiten zu ihnen zu setzen, zog er eine schwarze Hose an. Doch er schien sich unbehaglich zu fühlen, als ob seine Gedanken ihm im Hals steckenblieben. Wenn ich mich mit ihm unterhielt, rubbelte er mit den Handflächen an seiner großen, fleischigen Nase, seufzte dabei geräuschvoll und dachte wohl, ich sei ein hoffnungsloser Fall. Er brummte etwas von »Timen und Tauchen«.

Dias war ebenfalls nicht ganz überzeugt, hatte ich den

Eindruck. Nachdem er meine Fischbällchen und eine Riesenportion roten Reis in sich hineingestopft hatte, wusch er seine Finger in einem Schälchen voll Limettenwasser und sagte: »Ich weiß nicht richtig, Mann, ich bin nicht aufs Meer versessen, aber dieser Ozean kommt mir ziemlich groß vor, findest du nicht auch? Ich will damit sagen, um tatsächlich etwas unternehmen zu können.« Beim Anblick des Meeres war er nicht einmal für eine Bootsfahrt zu begeistern.

Mister Salgado atmete tief ein. Er atmete immer tief ein, wenn man ihm zu nahe trat. Seine Brust blähte sich auf, und seine Hände schwollen an. Er verschränkte die Arme. »Der Ozean?«

Dias zündete eine Zigarette an, zog kräftig daran und baute eine tüchtige Rauchwolke auf. »Ich meine, diese paar da und dort eingetauchten Stäbe ... wie kannst du daraus schließen, was passiert, wenn tausend Meilen weit weg, in Australien zum Beispiel, ein Schwarm Wale rammelt oder sonstwas ... Das bringt doch deine Millimeter da und dort durcheinander, nicht?«

»Wale sind nicht bekannt für Orgien.«

»Ich weiß. Ich weiß. Doch du weißt schon, was ich damit sagen will, nicht? Ein kleines Techtelmechtel.«

Ich konnte die Form von Mister Salgados Zunge sehen, die die Lippeninnenseite entlangfuhr, die Zähne abtastete und dabei die Haut wellte.

»Wijetunga hier mißt keine Millimeter. Er untersucht statistisch relevante Proben. Man kann verdammt viel aus Proben schließen, wenn sie gründlich beobachtet werden. Sozusagen als ob ich ein winziges Stück Haut von deinem Finger abschneiden würde ... oder ein Büschel Haare.« Er beugte sich zu ihm hinüber, als wolle er die Probe aufs Exempel machen.

»*Oy!* Danke, danke, laß gefälligst meine Haare in Ruhe.

73

Sind verdammt zu kostbar.« Dias tätschelte seine glatte Stirn.

»Ehrlich, wir brauchen bloß ein paar Haare oder ein winziges Stück Gewebe zu analysieren, und wir erfahren jede Einzelheit deiner biologischen Geschichte.«

Dias lachte. »Ha, ha, ha. Das leuchtet mir ein, Mann. Nicht nur du, auch ich erfahre einiges in meiner Funktion als Wirtschaftsprüfer, das kannst du mir glauben – sogar als amtlicher Wirtschaftsprüfer. Verdammt viel. Wenn ich das Gehalt eines Mannes und sein Alter kenne, kann ich dir seine ganze biographische Geschichte erzählen, seine vergangene Lebensgeschichte, seine gegenwärtige und seine zukünftige, ob du's glaubst oder nicht.« Er spitzte genüßlich die Lippen.

Wijetunga schaute verwirrt drein, sagte aber nichts. Mister Salgado kicherte. »Genau. Ganz genau. Stell dir die Erdkugel als einen Kopf vor. Ja? Du brauchst nur ein paar wenige Daten, um das ganze Bild vor dir zu haben. Und die wichtigsten paar Daten lassen sich an der Bewegung ableiten. Am Verlauf einer Welle.« Er entspannte sich. »An einer kleinen Vibration, am Schall einer Welle zum Beispiel, die vielleicht Jahrhunderte brauchte, um sich zu verflüchtigen. Wenn wir über Instrumente verfügen, die für solche Messungen genügend empfindlich sind, kann uns diese Welle erzählen, worüber sich deine Urgroßmutter und dein Urgroßvater vor hundert Jahren in ihrer Hochzeitsnacht unterhalten haben.«

»Glaubst du wirklich, daß dieses unzüchtige Liebesgeflüster immer noch in der Luft liegt?« Er drohte grinsend mit dem Finger, während er den Arrak in seinem Glas schwenkte.

Das Meer brandete so gewaltig, daß ich mir nichts anderes vorstellen konnte, als daß jede Welle, jeder Laut, jedes Echo für immer ausgelöscht würde. »Wenn ich richtig verstehe, verfügst du also über diese besonderen Instrumente für den Ozean?«

»Es ist ein Projekt. Wir arbeiten daran. Aber wir haben kein modern ausgestattetes Labor dafür.«

»Scheiße, *machang,* Scheiße.«

Mister Salgado lachte.

Ich rieb an den Curryringen auf ihren schmutzigen Tellern herum, behandelte das gelbe Fett wissenschaftlich mit einem Büschel Kokosnußfasern und Limettenwasser. Ich schrubbte mir das Herz aus dem Leib. Mir war überhaupt nicht ums Lachen.

ALS MISS NILI ANLÄSSLICH der *poya*-Feiertage im April 1969 zum ersten Mal in unser Haus kam, sagte Mister Salgado vorher bloß zu mir: »Eine Dame kommt zum Tee.« Als ob jede Woche eine Dame zum Tee käme! Das war noch nie vorgekommen in seinem Leben − auch in meinem nicht −, und nun tat er so, als handle es sich um die natürlichste Sache der Welt. Zum Glück bereitete er mich darauf vor. Auch wenn er sich gleichgültig gab, wollte er sichergehen, daß genügend Zeit für die Vorbereitungen blieb. Ich machte alles selbst: *kavum* − Kokosnuß-kekse−, Fleischkräpfchen, Eierschnittchen, Schinkenschnittchen, Gurkenschnittchen, sogar *love-cake*! Es hätte für ein Pferd gereicht. Als ob ich es geahnt hätte: Sie aß wie ein Pferd. Sie verschlang sämtliche Kräpfchen. Und ihr Stück Liebeskuchen − ich überließ das Anschneiden ihr − war riesig. Ich weiß nicht, wohin sie das alles steckte: Sie war so dünn damals. Sah so ausgehungert aus. Ich dachte, sie würde sich demnächst aufblähen wie eine Schlange, die einen Vogel schluckt. Doch sie saß aufrecht in ihrem Rohrsessel, ein Bein unter ihrem Gesäß angewinkelt, ihr Gesicht schwebte vergnügt im Nachmittagsdunst, während gewaltige Bissen des schmackhaftesten, nahrhaftesten Liebeskuchens in ihr verschwanden wie in einer Höhle.

»Sie mögen Kuchen?« fragte er albern.

Sie stieß zwischen zwei Mundvoll einen zustimmenden Laut aus. Es machte ihn glücklich – obwohl ich ihre Art mißbilligte, sich in unserem Haus gleich so ungezwungen zu benehmen.

»Woher haben Sie ihn, den Kuchen?« Ihre Lippen glänzten von meiner Butter, an einem Mundwinkel reihten sich goldene Grießkrümel, und wenn sie redete, verklebten sie zu einem feuchten Grübchen.

»Triton hat ihn gemacht«, sagte mein Mister Salgado.

Triton hat ihn gemacht!

Diesen einen Satz würde er – mit meinem Namen! – in jenen Monaten oft wiederholen, immer und immer wieder, wie ein Rondo, und ich war unsäglich glücklich.

Triton hat ihn gemacht!

Klar, rein und uneingeschränkt. Seine Stimme war ein tiefer Kanal, der vom Himmel zur Erde führte, mitten durch den versteinerten Morast unserer Leben, aus dem sich eine Labsal ergoß, wie Wasser aus einer Quelle, aus dem Kopf eines Gottes. Es war Glückseligkeit. Mein Mündigwerden.

»Ihr Koch?«

»Ihr Leben, Ihr alles …«, hätte ich jubeln mögen, kopfunter im Gebälk hängend, den Himmel zwischen den Beinen.

»Sein Kuchen schmeckt wunderbar«, sagte sie. Und von da an und für den Rest meines Lebens wäre ich für sie durchs Feuer gegangen.

Ich hatte in Anbetracht des besonderen Anlasses zehn Eier genommen anstatt der im Rezept vorgesehenen sieben. Und gelbe, süße, perfekt schaumig gerührte Butter. Und frische Cashewnüsse.

Nach dem Tee sagte sie, sie müsse nun gehen. Ich lief ein Taxi für sie holen. Sie blieb mit ihm allein im Haus zurück, während ich zur Hauptstraße hinuntereilte. Es dauerte nicht lange. Ich winkte eine schwarze Taxi-Schildkröte mit einem butterfarbenen Dach herbei, stieg ein und fuhr wie ein Prinz zum Haus zurück. Der Fahrer ließ seine Hupe krächzen, um unser Nahen anzukündigen. Wir fuhren langsam bis unters Vordach. Ich stieg aus und hielt die Wagentür auf, während Mister Salgado ihr hineinhalf. *Bye-bye*, sagte sie zu ihm, wandte sich dann mir zu. »Der Kuchen war wunderbar, ehrlich.«

Das Taxi rollte die Auffahrt hinunter bis zum Gartentor und bog links ab. Die Räder schlingerten und verwischten den weißen Reifenstreifen um die Felgen. Mister Salgado schaute dem langsam verschwindenden Fahrzeug nach.

»Der Lady hat es geschmeckt«, sagte ich strahlend.

»Ja.«

»War der *love-cake* wirklich gut, Sir?«

»Ja.«

»Ich habe ihn gestern vorbereitet, damit der Honig richtig eindringen kann. Haben die Kräpfchen auch geschmeckt? Nicht zu ölig? Ich habe frisches Öl genommen, eine ganz neue Flasche Marke *Cook's Joy*, ›Kochlust‹, eigens für den heutigen Tag.«

»Sie waren gut.«

Er wandte sich ab und schickte sich an, ins Haus zu gehen.

Oh, sie waren mehr als gut. Ich wußte es, denn ich spüre es in mir drin, wenn mir etwas gelingt: eine Art neue Energie, die jede Zelle meines Körpers belebt. Plötzlich ist alles möglich, und die ganze Welt, die eben noch langsam aus den Fugen zu geraten scheint, fügt sich wieder zusammen. Ich war glücklich wie ein Fisch im Wasser. In diesem Zustand hätte ich tausend *string-hoppers* durch eine hölzerne

Nudelform pressen können. Ich hatte an jenem Tag Lammkräpfchen zubereitet und frische Korianderblätter hinzugefügt: unerhört damals so etwas bei uns zulande. Doch obwohl ich von der Perfektion meiner Kochkünste überzeugt war, war ich auf Lob angewiesen, wie alle anderen auch. Ich war auf sein Lob angewiesen, und ich war auf ihr Lob angewiesen. Ich fand es kindisch, darauf angewiesen zu sein, doch ich war es.

»Ja«, seufzte Mister Salgado und verschwand. Seine großen braunen Augen glänzten feucht wie das Monsunmeer.

Sie kam am nächsten *poya*-Tag wieder – den von unseren Landesvätern verordneten Mondwochenenden, die beabsichtigten, derart die vier Mondphasen zu nutzen, um die Hegemonie des imperialen jüdisch-christlichen Sabbats zu verfinstern – und dann regelmäßig fast jedes Wochenende, monatelang. Ich bereitete jedesmal Lammkräpfchen zu und einen kleinen Kuchen. Und sie sagte jedesmal, wie »wunderbar« alles schmecke. Nach jener ersten Tee-Einladung mühte ich mich erst gar nicht mehr mit Schnittchen oder sonstigen Häppchen ab. Mister Salgado rührte nichts an: Er schaute ihr zu, wie sie aß, als ob er einen exotischen Vogel füttere. Er trank Tee. Er trank immer Unmengen Tee: erstklassige Spitzen, Broken Orange Pekoe aus dem Hochland, frisch von der Plantage. Er wirkte vollkommen glücklich, wenn sie ihm gegenüber saß. Sein Gesicht strahlte, er hielt den Mund leicht offen, so daß man nur gerade die Zahnspitzen sehen konnte. Es war, als traue er seinen Augen nicht, Nili vor sich zu sehen. Ich brachte die Kräpfchen hinein – vier aufs Mal auf einem unserer kleinen Teller mit den blauen Chinoiserien. Ich buk sie erst, wenn sie da war, damit sie frisch und heiß, heiß direkt aus der Pfanne auf den Tisch kamen. Das Timing mußte perfekt sein. Ich bot ihr die Kräpfchen an und stellte dann den Teller auf den Tisch. Immer mit einem hübschen weißen

Spitzendeckchen. Wenn sie das letzte der ersten Portion gegessen hatte, wartete ich ein oder zwei Minuten, bevor ich den zweiten Teller hineinbrachte. »Lecker und heiß, heiß, Missy«, sagte ich, und sie stimmte mampfend zu. Wenn sie zwei oder drei der frischen Kräpfchen gegessen hatte, brachte ich nochmals frisch aufgegossenen Tee. »Mehr Kräpfchen?« Sie schüttelte den Kopf. Ich fragte immer, wenn ihr Mund voll war. Das erlaubte Mister Salgado, an ihrer Stelle zu antworten. »Nein, bring den Kuchen.« Es war unser kleines Ritual. Ich nickte. Sie lächelte. Er schaute verliebt drein. Ich ließ ihr genügend Zeit, um den Nachgeschmack der Kräpfchen voll auszukosten und die Wärme des Korianders in ihr zu spüren. Den Tee zu schlürfen, um den Gaumen zu läutern und die Nerven zu beruhigen, die von den Gewürzen angeregt und vom Fleisch geschmiert worden waren, erst dann brachte ich den Kuchen auf einer versilberten ziselierten Kuchenplatte hinein und stellte ihn zum Anschneiden vor Mister Salgado hin.

Sie aß nie den ganzen Kuchen auf, obwohl ich glaube, daß sie manchmal mühelos dazu imstande gewesen wäre. Doch weil Mister Salgado kaum mehr als ein dünnes Scheibchen aß, und das auch nur, nachdem sie ihn immer und immer wieder gedrängt hatte, blieb immer ein guter Teil übrig. Mister Salgado ernährte sich für den Rest der Woche davon, ein Stück jeden Tag, wenn er am späten Nachmittag aus dem Büro nach Hause kam. Wenn er genießerisch den Kuchen aß, Bissen um Bissen, rief er sich wohl ihren letzten Besuch in Erinnerung, den Duft ihrer Finger, die vielleicht ein Krümelchen von der Platte getupft hatten, vermischt mit dem Aroma von Rosenwasser, Mandelessenz, Kardamom, stellte sich vor, wie der Honig in ihren Körper sickerte. Auch ich stibitzte hin und wieder ein Stück.

Nachdem sie gegangen war, später am Abend, tauchte er aus seinem Arbeitszimmer auf und schaute zur Venus hinauf, die ihm am Himmel zuzwinkerte. Und wenn es Nacht wurde, zogen wir uns beide in unser altes Universum zurück. Wenn er sich mit Dias über Miss Nili unterhielt, hätte man meinen können, es handle sich um ein unerreichbares Wesen aus einer anderen Welt.

»Wie soll ich es dir erklären ...«

Dias zog in vorgetäuschter Anteilnahme die Schultern hoch und schlug sich mit der Hand aufs Herz.

Mir gegenüber war Mister Salgado sogar noch wortkarger. Er war ganz und gar mit ihr beschäftigt. Nur in ihrer Gegenwart taute er auf. Wenn sie kam, redete sie zwischen zwei Mundvoll und stichelte ihre gemeinsamen Wochen und Monate zu einem randlosen Muster zusammen. Sie brachte ihn ebenfalls zum Reden, mehr und mehr. »Erinnerst du dich, wie wir uns das erste Mal getroffen haben?« fragte sie ihn eines Nachmittags, als ich den Kuchen hinausgetragen hatte.

»Im *Sea Hopper*?«

»Nein, vorher. Erinnerst du dich?«

Mister Salgado sagte, er erinnere sich, wie er sich im Ballsaal des *Sea-Hopper*-Hotels, wo sie arbeitete, intensiv gewünscht habe, sie möge sich ihm zuwenden, als er sie dort anläßlich eines Empfanges sah. Sie gezwungen hatte, sich ihm zuzuwenden. Und sie wandte sich – wunderbarerweise – um und blickte ihn an, doch er hatte nicht gewußt, was tun. »Ich kann mich nicht erinnern, was ich gesagt habe. Ich wollte *sorry* sagen, aber ich wollte dich nicht daran erinnern ...«

»... daß du mir auf die Zehen getreten bist?« Sie hob lachend den Fuß hoch und massierte ihn.

»Dein erstes Wort war ein Aufjaulen ...«

»Auah«, stöhnte sie spielerisch auf, »unsere erste Berührung war schmerzhaft, du mit deinen spitzen Schuhen auf meinen armen Zehen.« Das war ihre allererste Begegnung gewesen: vor einer Buchhandlung unter den Arkaden des alten Stadtteils. Das war alles gewesen, doch es war immerhin ein flüchtiges gegenseitiges Bekanntmachen.

»Ich blätterte zerstreut in einem Buch, das ich eben gekauft hatte. Wenn ich nur hingeschaut hätte, wohin ich ging ... aber wir hätten uns ja sonst nicht kennengelernt.«

Sie legte ihre Hand in seine. Er lächelte glücklich.

Wenn sie zusammen waren, wirkte er so strahlend, daß ich mir wünschte, sie möge öfter kommen und die Mönchsstrenge unseres klösterlichen Hauses lüften.

EINES MORGENS FUHR MISS NILI in einem Taxi vor; Mister Salgado war bereits in sein Büro gegangen.

»Sir ist nicht da«, sagte ich. »Er ist ins Büro gegangen.«

»Ich weiß. Ich habe etwas mit dir zu besprechen.« Sie hieß den Fahrer warten und kam die Stufen zur Veranda hinauf. »Triton, ich möchte eines seiner Hemden sehen.«

»Missy?«

»Ich möchte eines seiner Hemden. Ein schönes. Eines, das ihm gut steht, nicht das gelbe Safarihemd; ein etwas längeres, loseres.«

Ich hatte schon oft versucht, das gelbe Safarihemd verschwinden zu lassen. Es war ein scheußliches Hemd, ein Relikt aus seinen jungen Jahren. Wenn er sich im Spiegel von vorn betrachtete, stand es ihm zwar gar nicht schlecht, von einem anderen Winkel aus besehen jedoch, saß es überhaupt nicht und war vor allem lächerlich kurz. Doch Mister Salgado hatte sich nie von hinten oder von der Seite gesehen. Er stöberte es immer wieder auf und zog es beharrlich an. Sein blaues Hemd stand ihm viel besser, wirkte viel männlicher – was ich ihr auch sagte. »Oder wissen Sie, was? Ich zeige Ihnen seine ganze Garderobe, wenn Sie möchten.« Sie konnte selber auswählen. Ich war sicher, daß er nichts dagegen haben würde, wenn ihre Hände seine sämtlichen Sachen berührten.

Sie schien zuerst etwas überrascht zu sein, doch dann leuchteten ihre Augen auf.

Wir gingen durch den Flur zum Schlafzimmer, wo der Kleiderschrank und die Kommode standen. Ich ging voraus, hörte das Klappern ihrer flachen Lederschuhe auf meinem glänzen gewachsten Fußboden. Ich machte die lackierten Türen auf. »Hier sind alle seine Hemden.«

Sie sah sich um. »Was für ein hübsches Zimmer«, sagte sie. Das große, braune Bett stand dem Fenster gegenüber, das auf den seitlichen Garten mit den großen Tempelblumen-Bäumen hinausging. Sie trat ans Fenster.

»Haussperlingnest gleich darüber«, sagte ich, »in der Dachrinne.« Draußen ging ein Gepiepse und Gezwitscher los. Sie berührte die Vorhänge; ich hatte erst kürzlich die alten abgenommen, die jahrelang nicht ersetzt worden waren. Ich war mit Mister Salgado ins große Warenhaus gegangen, um den neuen Stoff auszusuchen. Er war mit meinem Vorschlag sofort einverstanden gewesen. Er wollte, daß alles gepflegt aussah im Haus. Ich sagte zu Miss Nili, sie seien neu.

»Sehr hübsch«, sagte sie, aber sie schaute weder die Vorhänge noch mich an.

Ich zog das besagte Hemd aus dem Stapel. »Dieses hier?«

Sie kam zu mir hinüber und nahm es mir aus den Händen. Sie faltete es mit einer raschen Handbewegung auseinander und hielt es auf Armeslänge vor sich und stellte sich vor, er fülle es aus. »Komm her, Triton«, sagte sie und preßte es an meinen Oberkörper. Ich mußte lachen. Mister Salgado war ein großer, breitschultriger Mann, obwohl damals sehr knochig.

»Lach nicht«, sagte sie. »Es wird dir passen.«

»Missy ...«

Sie lächelte und ließ das Hemd sinken. Sie betrachtete es einen Moment lang nachdenklich. »Ich nehme es mit.«

»Aber was sage ich, wenn er danach fragt?«

Jetzt war sie es, die lachte. »Ich bringe es zurück. Ich will es bloß dem Schneider zeigen, wegen der Größe, weißt du?« Sie faltete es schnell in den Händen zusammen. »Ich will ihm ein neues Hemd machen lassen. Als Weihnachtsgeschenk. Ein anständiges Hemd. Aber das ist ein Geheimnis, du darfst ihm nichts verraten, O. K.?«

»Ja, Missy«, versprach ich feierlich.

»Nun muß ich aber gehen. Ich bringe es nachher zurück.«

Ich folgte ihr zum Taxi, das immer noch wartete; leer. Der Fahrer hockte eine *beedi* rauchend daneben.

»*Nona* bereit«, sagte ich. Er nahm einen letzten Zug und spickte die *beedi* auf die Seite, stieg dann gemächlich ein. »He, nimm das gefälligst mit«, schrie ich ihm nach. Was fiel dem Kerl ein; ich hatte die Auffahrt am Morgen gefegt. Er schaute mich an, als sei ich übergeschnappt. Ich hielt Miss Nili die Tür auf. Sie sagte zu ihm, er solle sie in die Nähe von Slave Island fahren, in eines der vielen engen Gäßchen im Chinesenviertel, wo ihr Schneider seine Werkstatt hatte. Eine Opiumhöhle, vermutete ich.

Ich mochte Nili. Sie war kein bißchen überheblich. Sie behandelte die Menschen – jedermann, ob oben oder unten – wie wirkliche Menschen. Nicht wie andere Ladys – die *nonas* –, die *tsch, tsch, tsch* hinter ihren Dienstboten herschimpften. Ich freute mich für meinen Mister Salgado. Ich freute mich, daß er sie kennengelernt hatte, und ich freute mich, daß sie uns oft besuchte. Sie war jünger als er, um die Fünfundzwanzig; auf halbem Weg zwischen ihm und mir. Ich gewöhnte mich allmählich daran, sie in unserem Haus zu sehen, und spürte, daß es dank ihrer Frische eine wunderbare Zeit war. Als er an jenem Tag zum Mittagessen nach Hause kam, erzählte ich ihm nichts von ihrem Besuch. Ich dachte, er würde bestimmt etwas bemerken, einen Hauch ihres Parfüms vielleicht, aber wahrscheinlich stellte er sich ihren Duft ohnehin ständig und überall vor, so daß er die Illusion nicht von der Wirklichkeit unterscheiden konnte. Außer sie hätte ihre Schuhe oder sonst ein Kleidungsstück oder gar ihre Handtasche vergessen – was ihr übrigens nie passiert wäre –, konnte ihr Besuch keine Spuren hinterlassen haben. Bloß eine Sinneswahrnehmung vielleicht: ein Zeichen auf den Möbeln, ihre Fingerabdrücke auf dem Vorhang, ihr sich in der Luft abzeichnender Schatten, der Umriß ihrer Worte … Die Tatsache, daß es wirklich passiert war, daß sie dagewesen war und mit mir gesprochen hatte und wieder gegangen war, konnte schließlich nicht abgestritten, aber fast unmöglich bewiesen werden. Wie auch immer, ich getraute mich nicht, den Mund aufzumachen, vor lauter Angst, man könnte mir anmerken, was für eine Wirkung ihr Besuch in mir zurückgelassen hatte.

Zum Glück schafften wir es, unseren Angelegenheiten nachzugehen, ohne ein einziges Wort miteinander zu wechseln. Er kam nach Hause und verschwand in seinem Zimmer; kam erst wieder heraus, als er annahm, daß das Essen aufgetragen war. Stellte – wie immer! – fest, daß dem so war: Reis, Lebercurry, Springkürbis. Nichts, das schwer auflag. Er setzte sich; ich schöpfte. Er aß. Er trank sein Glas Wasser und zog sich in sein Zimmer zurück. Kurz darauf hörte ich den Wagen starten, und er fuhr ins Büro zurück.

Wenn er mit dem Essen fertig war, räumte ich üblicherweise ab, aß und spülte das Geschirr. Dann, wenn er das Haus verlassen hatte, verbrachte ich den Rest des Nachmittags tagträumend. An jenem Tag verfolgte mich die Vorstellung, daß sie das Hemd verlor, daß sie vor der Schneiderbutike überfallen und mitsamt dem Hemd von Zuhältern und Gangstern gekidnappt, unser Komplott aufgedeckt wurde. Um mich abzulenken, stürzte ich mich in die Zubereitung von Fleischbällchen, was äußerste Konzentration erforderte; unser Fleischwolf war ein großes, gußeisernes Biest mit einer Welle, die alles verschluckte und zerhackte. Man mußte das Fleisch fest durch den Trichter stopfen und gleichzeitig die Kurbel drehen, wenn man nicht aufpaßte, zog es die Finger mit hinein. Nachdem ich damit fertig war, um halb fünf nachmittags ungefähr, ging ich in den Garten hinaus, um das Chrysanthemenbeet zu jäten. Wir hatten keinen Gärtner: wozu auch? Fremde für solche Arbeiten beschäftigen bringt mehr Ärger als Nutzen. Mister Salgado hätte sich ohnehin nicht um sie gekümmert, also hätte es unweigerlich Schwierigkeiten gegeben. »Keine Sorgen, Sir«, sagte ich zu ihm, »ich schaffe es allein.« Es lohnt sich nicht, jemand etwas machen zu lassen, wenn man doppelt soviel Zeit braucht, um zu erklären, wie man es macht, als wenn man es selber macht.

Miss Nili kam an jenem Nachmittag nicht zurück.

Als Mister Salgado nach Hause kam, war es fast dunkel. Er brachte ein großes, in Kraftpapier gewickeltes Paket mit. Ich nahm es ihm ab, und er sagte, im Wagen sei noch ein Karton.

»Ich habe mir gedacht, daß wir dieses Jahr einen Weihnachtsbaum haben sollten«, sagte er und schaute dabei auf den Boden, als ob seine Worte irgendwie vor seinen Füßen einen Baum zum Sprießen bringen könnten. »Weißt du, was ein Weihnachtsbaum ist?« fragte er mich, ohne aufzuschauen.

Ich angelte den Karton an dem kreuzweise doppelt verschnürten Bindfaden aus dem Wagen, nahm Paket und

Karton in die eine Hand und schlug mit der andern die Tür zu. »Ja, Sir«, antwortete ich. »Nummer zwölf unten an der Straße hat jeden Dezember einen mit farbigen Glühbirnen vor dem Haus aufgestellt.«

»Wie diesen hier?« er zeigte mit dem Kopf auf den Karton. »Fürs Wohnzimmer?«

Ich schüttelte den Kopf.

Es war ein künstlicher Baum, wie sich herausstellte. Ein dünner, etwa fünf Fuß hoher künstlicher Stamm aus braunen Kunststoffstäben, die zusammengesteckt und mit falschem Tannengrün umwickelt werden mußten. Das andere Paket enthielt goldene Lamettagirlanden und winzige elektrische Glühbirnen, eine Miniaturausführung der Festbeleuchtung, die ich im Garten von Nummer zwölf gesehen hatte. Kleine, bunte Glühbirnen in gefältelten Silberpapierhaltern. Eine hübsche Idee. Mister Salgado setzte den Baum zusammen, trat dann etwas zurück, um sein Werk zu betrachten. »Gut«, sagte er und überließ den Rest der Arbeit mir.

Später hörte ich ihn nach seinem Bad im Kleiderschrank herumwühlen. »Wo ist mein blaues Hemd?«

»Sir?«

»Das blaue Hemd. Du kennst doch mein blaues Hemd, wo ist es?«

In meinem Kopf drehte sich alles. Meine Kehle war zugeschnürt.

»Blaues Hemd?«

Er wandte den Kopf und schaute mich an. »Was ist mit dir? Ich suche mein blaues Hemd.«

»Muß geflickt werden, Sir.« Ich hatte ihn noch nie angelogen. Zumindest seit der unseligen Zeit mit Joseph nicht.

»Warum? Was ist kaputt?«

Ich erinnerte mich, daß frommes Wünschen bisweilen

half, und vergaß, was die Religion vom Lügen hielt. »Fehlt ein Knopf, Sir.«

»So näh ihn doch schnell an und bring das Hemd.«

»Muß auch gewaschen werden, Sir.« Ich betete, daß er das Hemd nicht sehen wollte, während ich an der alten Pfeilnarbe an meinem Kopf rieb.

»Was soll ich denn anziehen?«

Ich holte schnell sein altes, gelbes Safarihemd hervor. »Dieses, Sir, ebenso elegant.«

Er streifte es über und zog sich fertig an.

Am nächsten Tag kam Nili mit dem blauen Hemd vorbei. Ich erzählte ihr, daß er es gesucht hatte.

»Wozu?« fragte sie. »Was hat er Besonderes vorgehabt?«

Ich wußte es nicht. Vielleicht hatte es mit Weihnachten zu tun. Ich zeigte ihr den Weihnachtsbaum.

»Wie niedlich, was für ein niedlicher kleiner Baum. Was ist mit dem Schmuck?« Ich zeigte auf das Flittergold. Auf die Glühbirnen, die ich von Ast zu Ast aufgereiht hatte.

»Was, keine Kugeln? Keine silbernen Kugeln? Ist das alles?«

Ich nickte. Bei Tageslicht besehen, wirkte er tatsächlich etwas kahl. Ich wünschte mir, ich hätte ihn ihr nicht gezeigt. Man hätte mich machen lassen sollen. Wenn ich mir etwas Zeit genommen hätte, hätte ich bestimmt herausgefunden, was noch fehlte.

»Sag ihm, daß du mehr Schmuck brauchst, um ihn festlich zu dekorieren.« Sie händigte mir das Hemd aus. »Hoffentlich hast du nicht geglaubt, ich sei damit auf und davon«, lachte sie.

Ich lächelte. Wie gern hätte ich mit ihr gelacht.

»In Bambalapitiya gibt es Baumschmuck. Soll ich dir eine Schachtel besorgen?«

»Nein, Missy. Unser Mister denkt bestimmt daran; unser Mister bringt heute mehr Sachen.« Und wenn er es nicht tat, würde ich die Kugeln besorgen: silberne Kugeln, goldene Kugeln, bunte Kugeln, so viele Kugeln, wie ihr Herz begehrte.

Sie lächelte. »Ja, du hast recht. Er denkt immer an alles. Aber kein Wort von dem Hemd, ja?«

Nachdem sie weg war, begutachtete ich den Weihnachtsbaum nochmals. Wozu brauchten wir überhaupt einen Weihnachtsbaum? Wir hatten nie einen gehabt früher; wir hatten früher die religiösen Feste nie gefeiert. Selbst in der ersten Zeit nicht, als *amma* Lucy und Joseph noch da waren. Die Tage gingen vorüber, ohne im Haus Spuren zu hinterlassen. Ich erinnerte mich, daß *amma* Lucy manchmal in den Tempel gegangen war und an *poya* Weihrauch anzündete, wenn der Mond sich verhüllte und enthüllte. Aber sie war nicht besonders fromm. Joseph war ein Säufer und sonst nichts, soweit ich es beurteilen konnte. Er verschwand von Zeit zu Zeit, aber bloß, um in der erstbesten *kasippu*-Spelunke unterzutauchen und mit seinen Zechkumpanen und dem Hafengesindel zu bechern.

Ich wusch das Hemd und hängte es draußen auf. Es trocknete schnell; ich hatte genügend Zeit, es zu bügeln und zu versorgen, bevor Mister Salgado nach Hause kam. Er würde wahrscheinlich nicht mehr danach fragen, aber man wußte nie. Besser, es war bereit.

IN JENEM DEZEMBER BRIET ICH zum ersten Mal in meinem Leben einen Truthahn. Ich hatte mich noch nie an etwas Ähnliches gewagt. Es war ein Riesenvogel, doch abgesehen von seiner Größe hatte ich keine Probleme damit. Kräftiges Klopfen und Unmengen Salz-und-Butter wirkten Wunder. Die Weinbeeren-und-Leber-Füllung, Taufiks *ganja* und unsere heimischen *jamanaran*-Pflaumen hätten eine Wüste zu befeuchten vermocht.

Mister Salgado kümmerte sich höchstpersönlich um die Temperatur- und Zeiteinstellung. Er saß mit einem Bleistift und einem Stück Papier am Tisch. Wie schwer war der Vogel? Auf wieviel Grad ließ sich der Ofen einstellen? Wie lange briet ich jeweils ein Huhn? Eine Ente? Schweinebraten? Wie groß? Wie schwer? Er spitzte nachdenklich die Lippen und konsultierte ein Kochbuch. Er gab mir Anweisungen wie ein Professor und erging sich in absurden Details: dem Winkel der Speckscheibe über der Brust, der Anzahl der Fettstreifen, der Dicke der Schwarte. Als ich die richtige Anzahl Stunden und die entsprechende Schaltereinstellung herausgefunden hatte, hörte ich gar nicht mehr zu. Trockene Brathitze – schön und gut: Entweder man weiß, wie mit einem Vogel umgehen, oder nicht, wenn's drauf ankommt.

Mein großes Problem war, wie den Vogel einen Tag und einen halben vor dem Verfaulen zu bewahren. Mister Salgado hatte ihn auf Heiligabend bestellt, und er war schon am Morgen geliefert worden. Mister Salgado war zunächst ratlos. Das Biest wog sechzehn Pfund, hatte einhundert Rupien gekostet, die Rechnung war um seine Klaue gebunden. Es ließ sich mit Müh und Not in den Backofen zwängen, ging aber nicht in den Kühlschrank, es sei denn, man räumte ihn ganz aus, was unmöglich war: Wir waren vollbeladen für das Weihnachtsessen. Das einzige, was ich tun konnte – überlegte ich mir –, war, den Truthahn gut abzuspülen, gründlich mit einem Tuch abzutrocknen, in Sojasauce, Nelken, Knoblauch und Brandy zu marinieren und in ein altes baumwollenes Bettuch zu wickeln. Was ich am Morgen, als er eintraf, auch gleich tat; am Nachmittag jedoch sorgte ich mich bereits. Ein Truthahn ist nicht wie Wildente oder *batagoya* oder Waldhuhn. Wild ist zäh: Es hält unsere verwesende Hitze aus. Die Fäulnis verdaut es vor und verleiht ihm einen besonderen Geschmack. Doch diese aufgeblasenen Monster sind wie Weißbrot: Ein paar Stunden, und sie werden ungenießbar. Mister Salgado schnüffelte daran herum und schlug Eis vor. Ich kaufte zwei große Blöcke und packte eine Zinnwanne mit Eis und Truthahn voll. Deckte das Ganze mit einem braunen Jutesack zu, um die Kälte darin zu behalten.

Nili und sechs weitere Gäste, darunter ein paar Ausländer, würden zu unserem ersten und einzigen Weihnachtsfest kommen, einem richtigen Festessen. Es würde die große Herausforderung für mich sein. Nili war bisher nur zu Imbissen gekommen; dies aber würde ein Weihnachtsessen sein, das in nichts dem nachstehen durfte, was sie als Christin gewohnt war, wovon ich aber keine Ahnung hatte. Die meisten Vorbereitungen traf ich in der Nacht vorher, in der Küche verbarrikadiert, mit dem Truthahn unter seinem Leichentuch. Es war nicht allzu aufwendig. Bloß fünf Gerichte als Hauptgang: Truthahn, Kartoffeln, zweierlei Gemüse und den Schinken, dann einen fertig gekauften *Christmaspudding*. Ein Kinderspiel, verglichen mit den Essen, die ich manchmal allein für Mister Salgado und Dias zubereiten mußte, wenn sie plötzlich Lust auf diesen oder jenen Leckerbissen hatten und jeder Mundvoll in jedem eine Erinnerung zum Explodieren brachte, während sie essend und trinkend und fröhlich um die Wette rülpsend am Tisch saßen. Mit etwas Umsicht und Planung ließ sich jede Notsituation bewältigen. Nichts war unmöglich.

Am Tag unserer Einladung drehte unser Mister Salgado fast durch vor Aufregung. Er kam ständig in die Küche, um zu fragen, wie die Dinge standen. Ich war nicht besonders gesprächig; es war nicht der Moment für alberne Erklärungen. Ich nickte bloß oder sagte: »Keine Sorge. Alles bestens« und ging zur nächsten Arbeit über. Er schaute mir von der Tür aus zu, bis er sich beruhigt hatte, verschwand dann wieder im Haus, bis die Unruhe ihn wieder packte und in die Küche zurücktrieb: »O.K.«, sagte ich wieder, »alles bestens.«

»Wird der Truthahn schön braun und knusprig? Sag?« Er schaute sich in der Küche um und wußte vor Aufregung nicht einmal mehr, wo der Backofen war.

»Noch nicht, noch nicht. Bräunt sich schon noch. Keine Sorge, Sir, lassen Sie mich nur machen, er darf erst in der letzten Stunde richtig schön braun werden.«

»Kartoffeln? Was ist mit den Kartoffeln? Du hast doch nicht etwa die Kartoffeln vergessen, oder?« Seine Stimme überschlug sich. Er hatte sie in einem Wasserbecken entdeckt.

»Kartoffeln kommen später dran, Sir.«

Er schien nicht überzeugt und griff sich eine heraus.

»Ich lege Ihre Kleider bereit, Sir.«

Er verwarf die Hände. »Nein, nein. Ich kann das selbst machen. Du konzentrierst dich da drauf. Alle behaupten, daß ein Truthahnbraten eine heikle Angelegenheit ist. Darf nicht zu trocken sein, sonst schmeckt er wie altbackenes Brot.«

»Ich weiß, Sir, ich weiß. Darf auch nicht zuwenig durchgebraten sein, sonst ist er zu blutig. Es wird alles bestens klappen, Sir, keine Sorge.«

»Sie sagt, daß selbst ihre Mutter ihn nie richtig hinkriegt.«

Ja und? Mein Herz tat sich auf in meiner Brust und durchstrahlte mein Blut mit wohliger Glut. Mein Truthahn würde der beste werden, den sie je gegessen hatte.

Ich deckte den Tisch im Eßzimmer für acht Personen und schmückte ihn mit Tempelblumen und dem übriggebliebenen Weihnachtsflitter. Die Untersätze in der Mitte des Tisches ordnete ich kreuzförmig an. Nach einem letzten prüfenden Blick blieb mir noch Zeit, mich zu waschen und umzuziehen, bevor die Gäste erwartet wurden. Ich zog zu diesem besonderen Anlaß meinen weißen Sarong an.

Mister Salgado war ebenfalls frühzeitig fertig. Er saß auf der vorderen Veranda, rieb die Füße aneinander, während ich in der Küche zusätzliches Eis zerkleinerte. Die großen Blöcke vom Vortag hatten gut überdauert. Sie waren zwar kleiner geworden, hatten nun die Größe von Steinen oder halben Ziegeln, waren aber immer noch brauchbares Eis. Als das Eis unter der stumpfen Klinge meines Hackbeils in Stücke brach, überschwemmte ein Schwall Sägemehl und Holzspäne den Fußboden.

Nili kam mit Professor Dunstable, einem Engländer, und dessen Freund Dr. Perera. Sie fuhren in einem eierschalenfarbenen Auto vor, das sie in der Auffahrt parkten.

»Guten Abend!« hörte ich Mister Salgado sie willkommen heißen.

Nili lachte. Ihr Lachen war ansteckend. Es begann auf den Lippen und schien gluckernd durch ihre Kehle zu gleiten. Unmöglich, es zu überhören. Dr. Perera lachte jetzt ebenfalls. Mister Salgado kümmerte sich selber um die Drinks. Er trug seine beige Hose, die er messerscharf gebügelt hatte. Er sah sehr elegant aus. Nili lief ihm entgegen und legte die Arme um seinen Hals: »Frohe Weihnachten!«

»... und ein glückliches neues Jahr!« sagte er und küßte sie.

Ich kehrte in die Küche zurück, um die Kartoffeln zu schälen. Es würde noch gut eineinhalb Stunden dauern, bevor sie sich zu Tisch setzten, doch mit nur zwei Herdstellen mußte ich alles zeitlich abstimmen wie ein Bahnhofsvorsteher. Mister Salgado hatte festgelegt, daß das Essen um neun Uhr aufgetragen werden solle. Pünktlich. »Kein Knabberbüfett«, hatte er wissen lassen.

Ich wäre gern hinübergegangen, um mehr von ihrer Unterhaltung mitzubekommen. Wir hatten selten fremde

Gäste gehabt vor jener Weihnacht. Immer bloß Dias oder ein oder zwei andere von Mister Salgados Freunden, und ihre Gespräche drehten sich vor allem um das gleiche, wochenein, wochenaus: Autos, Politik, Wetten. Nili war natürlich anders, doch da sie ja immer nur zum Tee kam, boten sich mir nicht viele Gelegenheiten, richtige Unterhaltungen mit anzuhören. Sie und Mister Salgado schauten sich vor allem stundenlang an. Das Weihnachtsessen würde alles verändern. Es war der Anfang von etwas Neuem, obwohl ich mir niemals hätte vorstellen können, wie sehr sich unser Leben im Laufe des nächsten Jahres verändern würde.

Miss Nili rief nach mir: »Triton!«

Ich eilte, so schnell ich konnte, zu ihr hinüber.

»Triton, bitte, würdest du mir Limettensaft bringen?«

»Und die Nüsse, du weißt schon, bring die Nüsse«, erinnerte mich Mister Salgado, als ich vorbeiging.

Ich kehrte mit einem Tablett zurück und bediente jedermann. Die anderen waren auch eingetroffen. Auch sie waren mir unbekannt: Mohan Wickremesinghe, ein kürzlich diplomierter Zahnarzt, und seine Frau Kushi; ein kleiner, aber muskulöser Amerikaner namens Robert und eine weitere Ausländerin, Melanie, deren Gesicht ein Meer von Sommersprossen war, umrahmt von leuchtend orangefarbenem Haar. Sie plauderte mit einer vertrauten Gestalt: Dias! Aus seinem Kopf qualmten kleine Rauchringe zur Decke. Mister Salgado hatte nichts von Dias gesagt! Ihn hatte ich nicht erwartet; ich hätte es tun sollen. Mr. Dias gehörte zu denen, die immer auftauchen. Das einzig Überraschende war, daß er bisher bei keinem unserer fröhlichen Teenachmittage für Miss Nili dabeigewesen war. Ich lief in die Küche zurück, überflog im Geist die Gäste, rechnete nach, reihte sie einen neben dem andern auf, schob jeden an sein Gedeck: Es waren eindeutig acht Gäste – nicht sieben – plus Mister Salgado. Doch mein Tisch war nur für acht gedeckt. Ein weiteres Gedeck würde meine symmetrische Tischordnung gänzlich durcheinanderbringen.

»Was ist los?« Mister Salgado war wieder das Essen kontrollieren gekommen.

»Sir, bleibt *mahatmaya* Dias zum Abendessen? Zum Weihnachtsessen?«

»Natürlich. Er muß doch ein Stück von diesem Truthahn haben. Warum? Hat er gesagt ...«

Ich erklärte, mir sei gesagt worden, es kämen nur sieben, nicht acht.

»Ja und? Sechs, sieben, acht, was spielt das für eine Rolle? Denk lieber an die Bratkartoffeln.«

Ich nickte.

»Schaffst du es, den Truthahn schön warm und knusprigbraun auf den Tisch zu bringen?«

»Kein Problem, Sir.« Ich hatte es schließlich geschafft, ihn einen ganzen Tag und eine ganze Nacht zu kühlen – was sollte schwierig daran sein, ihn während zweier träger, tropischer Stunden warm zu halten? Wo ein zusätzliches Gedeck hineinquetschen, das hingegen war ein Problem.

Es mußte links sein, damit die zusätzliche Person beim Essen den Weihnachtsbaum sehen konnte. Je zahlreicher, desto fröhlicher. Ich legte schnell noch ein Gedeck auf, während draußen alle laut durcheinanderredeten, und dankte meinem guten Stern, daß ich Dias bemerkt hatte. Wie peinlich, wenn die Gäste zu Tisch gebeten worden wären und einer stehengeblieben wäre – wie bei einem Sesseltanz. Doch abgesehen von diesem kleinen Rechenmißverständnis verlief das übrige nach Plan. In der Küche brutzelte alles vor sich hin, das Bier schäumte, die Cashewnüsse und Brotfruchtchips knusperten. Ich konnte das Aufzischen des Sodawassers hören, das Gemurmel ungezwungener Unterhaltung und über allem Mister Salgado, der, bereits leicht beschwipst, über die Thermodynamik des Ozeans im Zeitalter des Wassermanns dozierte und die Geschichte einer jahrtausendealten Arche zum besten gab, die aus Worten geschaffen war und auf einem Meer aus Lauten segelte.

Ich erlaubte mir, für einen Moment zuzuhören; ich spürte, daß ich es mir leisten konnte. In Streßsituationen habe ich manchmal plötzlich das Gefühl, daß ich nichts mehr dazu beitragen kann; alles geht seinen Gang, und ich kann mich entspannen. Ich lasse alles stehen und liegen und spüre einen Moment lang eine wunderbare Ruhe, während mein Moment sich endlos dahinzieht. Ich war ebenso glücklich wie Mister Salgado in seiner leutseligen Stimmung: ein Vorgeschmack auf die kommenden Monate, wo er sich den Freuden einer echten Liebesgeschichte hingeben würde, einem regen gesellschaftlichen Leben und ausgelassenen Festen. Es würde die geselligste Zeit seines Lebens sein. Ich war glücklich für ihn, auch wenn die vorherrschende politische Ausrichtung solche Gefühle unterband. Seine neue Welt hatte keinen Platz in einer Zukunft, wie das gewöhnliche Volk sie sich damals vorstellte. Es war eine vor Heiterkeit übersprudelnde Welt, die zu einer vergangeneren, sorgloseren Generation zu gehören schien. Im *kadé* an der Straßenecke war von einer dringend fälligen Revolution die Rede – oder von einer Rückkehr zu den traditionellen Werten. Es gab Versprechen in Hülle und Fülle, um die neuen Hoffnungen der Menschen in Schach zu halten. Doch unser Haus blieb von alledem unberührt. Mister Salgado blühte auf. Sein Gesicht hellte sich auf; er wurde fülliger und zugänglicher und zum ersten Mal greifbarer in unserem kleinen Universum. Ich war stolz auf ihn, und für mich war selbstverständlich, daß Miss Nili mit allen ihren ausländisches Freunden es auch war. Ich staunte, wie umgänglich er sein konnte. Ich hätte ihm das nie zugetraut, trotz seiner plötzlichen Begeisterungsausbrüche – meistens nach ein oder zwei Drinks in Gesellschaft von Dias –, wenn es um den Ozean und dessen Hunger nach Land ging. Dank Nili war aus ihm ein glänzender Unterhalter geworden, der seine Zuhörer zu umgarnen verstand wie ein Politiker.

»Stellt euch das Weltall als einen großen, unsichtbaren Teich vor, wie den Ozean, ja?« – und er zeichnete über ihren Köpfen einen Kreis in der Luft. »Und jeder Laut ist wie das Aufklatschen eines Steins. Seht ihr die Kreise an der Oberfläche? Geschichte wird genauso geschrieben. Was jenen sagenhaften Regen angeht – zwanzig Inch in einer Nacht, man stelle sich das vor –, kann es sich nur um Monsun handeln. Wie sonst wacht man am Morgen in einem schwimmenden Bett auf und findet das ganze Untergeschoß unter Wasser vor? Tag und Nacht, vierzig Tage lang – ein verdammt übler Monsun. Verständlich, daß dem armen Teufel auf seiner *padura* der Anblick des sich senkenden Himmels und der steigenden Fluten wie das Ende der Welt vorgekommen sein muß. Doch unser *baas-unnah-ah*, unser Zimmermann mit seinem Boot, blieb unversehrt. Das sich in ein Meer verwandelnde Land war für ihn nicht weiter schlimm. Es kam ihm vielleicht sogar gelegen, wer weiß. Ärgerlich bloß, daß jede Kreatur, die fleuchen und kreuchen konnte, in seinem Boot Zuflucht suchte – wie die Schnecken aus einem überfließenden Gully.«

»Dieser Noah damals soll also Zimmermann in Negombo gewesen sein?« fragte Mohan, der Zahnarzt. Alle lachten.

»Warum nicht? Wenn dieses Land das Paradies war ...« Mister Salgado streckte die Hand aus.

»Genau, Adams' Peak. Sind sie schon einmal bis zum Gipfel geklettert?« Professor Dunstable reckte das Kinn auf seinem langen, sonnengeröteten Hals.

»Und seid ihr einst nicht ein Teil Afrikas gewesen? Die Wiege von uns allen?« fügte diese Melanie hinzu und kräuselte die Sommersprossenkleckser um ihren blaßglänzend geschminkten Mund.

»Afrika, die ganze übrige Welt war Teil von uns, müßte man eher sagen. Es war ein einziger Kontinent: Gondwanaland. Die große Landmasse im Zeitalter der Unschuld. Doch dann verfiel die Welt in Sünde, und das Meer überflutete sie. Der Kontinent wurde geteilt. Stücke brachen ab und drifteten, und wir blieben mitsamt unseren *yakas* in diesem verlorenen Paradies zurück – und der den Steinen anvertrauten Geschichte der Menschheit. Das erklärt, warum wir in diesem Land das Wasser trotz der Monsune lieben. Es ist Symbol für Erneuerung und spiegelt die Zeit wider, als alles Böse, alle Standesunterschiede vom göttlichen Regen weggeschwemmt wurden – und es den Göttern überlassen blieb, den Laich für eine neue Welt zu legen. Das war die richtige Sintflut. Die von Noah war bloß ein Echo. Die Könige, die die großen *tanks* bauten, erinnerten sich vielleicht an die große Flut, genau wie wir auch.«

»Die *tanks*?«

»Haben Sie unsere *tanks* schon gesehen? Die großen Wasserreservoirs? Eigentliche Binnenseen. *Muhudas*, wie wir sie nennen. Technische Meisterleistungen, zweihundert Jahre vor Christus geschaffen, in der Blütezeit der Städte Anuradhapura und später Polonnaruwa. Einige wurden sogar noch früher erbaut. Große Landflächen wurden mittels eines hydraulischen Systems unter Wasser gesetzt, was voraussetzte, daß unsere *yaka*-Ingenieure in der Lage sein mußten, auf einer Wasserfläche von zwei Meilen eine Pegeländerung von einem halben Inch zu messen. Man stelle sich das einmal vor! Was für eine Präzision! Durchaus vergleichbar mit den Erbauern der ägyptischen Pyramiden, nicht? Alles für das Wasser: die Quelle unseres Lebens und Sterbens. Die Malaria zum Beispiel ...«

Ich war hingerissen. Wenn er redete, sah ich unsere ganze Welt vor mir erstehen: die großen *tanks*, das Meer, den Urwald, die Sterne. Die Vergangenheit auferstand in einem prächtigen Festzug: langhaarige Prinzen mit einem Ebenholzstab in der Hand, Meerjungfrauen mit roten Schwanzflossen, Elefanten mit troddelgeschmückten Baldachinen und silbernen Schellenkappen über den vergoldeten Stoßzähnen, wie sie feierlich die bronzegrünen Städte einstiger Kriegsfürsten umschritten. Seine Worte beschwörten Abenteurer aus dem Norden und Süden Indiens herauf, die Portugiesen, die Holländer und die Engländer mit ihren Flottillen verworrener Hoffnung und hektischem Wandertrieb. Angelockt von den Verheißungen des Zimts, des Pfeffers, der Gewürznelken, fanden sie Zuflucht in diesem Dschungel aus Dämonen und stillen Wassern.

»Mensch, Ranjan, willst du uns vielleicht weismachen, daß dieses Land das erste Jerusalem war? Was ist mit Buddhas Gelobtem Land und all den Geschichten darum herum?«

»Ja und? War es nicht auch als Garten Eden bekannt? Was im übrigen jedermanns Chauvinismus entgegenkommt: Sinhala, Tamil, Sprache der Ureinwohner. Suche dir eine Religion aus – und der Phantasie sind keine Grenzen gesetzt. Die Geschichte ist anpassungsfähig.« Mister Salgado lachte und warf einen Blick ins Eßzimmer. »Komm her«, rief er nach mir. »Noch etwas Ananassaft für die Dame. Und trag das Essen auf. O. K.?«

Robert dachte immer noch über Mister Salgados Bemerkung nach. »Sie haben tatsächlich recht. Hier baden alle ständig, ständig spritzend und planschend in einem Fluß oder in einem Brunnen oder unter einem Schlauch. Die Frauen überall mit ihren nassen, am Körper klebenden

Blusen. Eine richtiggehende Manie.« Er schaute wie zur Bestätigung zu Miss Nili hinüber.

Ich beeilte mich mit dem Saft, doch inzwischen drehte sich das Gespräch um einen Zeitungsbericht über das vordringende Meer. Das brandende Meer.

Als das Essen angerichtet war, trug ich alles gleichzeitig auf – außer dem Truthahn. Ich wußte nicht, ob Mister Salgado ihn selbst tranchieren wollte wie sonst immer, wenn es gebratenes Huhn gab, oder ob ich ihn zerlegen sollte in Anbetracht der besonderen Umstände. Er hörte leicht schwankend dem Professor zu. Nili sah mich und unterbrach das Gespräch. »Ich glaube, Triton möchte dich etwas fragen.«

»Sir, wie serviere ich den Truthahn? Soll ich ihn zerlegen oder …«

Wir gingen in die Küche, und ich machte den Backofen auf: Der Vogel war wunderbar braun und dem Bersten nahe. Mister Salgado atmete auf: »Ah, schaut gut aus«, sagte er zufrieden. Er schloß einen Moment lang die Augen.

»Sir, wir sollten ihn vor dem Schneiden den Gästen zeigen«, schlug ich vor.

»Ich werde ihn selbst zerlegen; er muß tranchiert werden. Ja, stell ihn auf den Tisch, und ich zerlege ihn. Wo ist das Messer? Reiche die Beilagen, während ich schneide. Bist du sicher, daß er gar ist?«

»Ja, Sir.« Er war genau richtig. »Achtung!« Ich hievte den Vogel aus dem Ofen und legte ihn auf unsere größte Platte, seine stolz geschwellte Brust nach oben. »Was sagen Sie dazu?«

»Ah, wunderbar, wunderbar«, sagte Mister Salgado händereibend. »Bring ihn hinein, schnell.«

Jene Weihnacht sind meine Muskeln wohl ums Doppelte angeschwollen vor lauter Truthahn hin und her wuchten, in den Ofen, aus dem Ofen, vom Bräter auf die Platte, von Tisch zu Tisch, vom ständigen Würzen, Begießen und Probieren.

Ich ging erst hinüber, als Mister Salgado seine Gäste ins Eßzimmer komplimentiert hatte. Sie warteten brav in einer Reihe, während Miss Nili jemand bat, doch bitte den Platz zu tauschen, damit die Damen nicht alle auf der gleichen Seite saßen. Dann folgte mein großer Auftritt mit dem Truthahn, der mich fast ganz verdeckte, begleitet von freudigen und staunenden Kommentaren: »Mein Gott! Schaut euch diesen Vogel an!« Und: »Mensch, *machang*!« Und andächtiges Gemurmel und genießerisches Schmatzen und Dias' vertrauter, erwartungsfroher Rülpser. Ich stellte den Vogel vor Mister Salgado hin.

»Setzt euch, setzt euch«, forderte er die Gäste auf.

»Schneide, so schneide doch endlich«, drängte ihn Dias.

Ich trat diskret in den Hintergrund, bis die Aufregung sich gelegt hatte. Sie machten viel Theater, bis jeder sich an seinen Platz gesetzt hatte, doch es klang nach fröhlichem Theater. Ich wußte, daß das Essen ein voller Erfolg sein würde, noch bevor jemand auch nur einen Mundvoll genommen hatte: Die Stimmung war richtig, und die Stimmung, davon bin ich überzeugt, ist die wichtigste Zutat, um jedes Aroma zur Entfaltung zu bringen. Geschmack wird nicht im Mund erzeugt; er ist ausschließlich Sache des Kopfes. Ich bereite jedes Gericht so zu, daß es den Kopf durch jeden erdenklichen Kanal erreicht. Den Gaumen brauche ich bloß für den Kitzel, um die Speichelproduktion anzuregen, das aber kann ich sogar durch den Anblick der Speisen erreichen, durch den Geruch, den Duft, mit dem man die Haut einreibt oder sogar die Platte vor dem Anrichten, das Brutzeln eines heißen Gerichts oder das Aroma eines mürbenden Kräutleins. Dem Mund genügen allein schon Salz, Zucker, Limetten und Chili für eine erstaunlich vielfältige Palette. An jenem Abend hatte ich dem exotischen Vogel nur ganz wenig nachzuhelfen brauchen, um die bereits berauschten, gespannt um den Tisch sitzenden Sinnesempfindungen zum Explodieren zu bringen.

Mister Salgado senkte konzentriert den Kopf. Er säbelte drei vollendete Tranchen von jeder Brustseite, schob die breite Messerklinge flach unter die Scheiben und legte sie auf die Platte. Das weiße Fleisch dampfte. Er schaute in die Runde. »Wer möchte einen Schenkel? Melanie?«

»Für mich ein Stück Brust bitte. Ich bin voriges Jahr Vegetarierin geworden. Ich nahm an, hierzulande seien alle Vegetarier. Doch ich war so geschwächt von der ganzen Herumreiserei – vor allem in Indien –, so daß ich aufgegeben habe.« Ihre gesprenkelten, milchig-weißen Schultern zitterten, als sie sich mit gespreizten, spitzen Fingern durchs Haar fuhr.

Robert grinste: »Du meinst wohl deine keltische Freßgier, was?.«

»Göttlich primitiv, ha, ha, ha. So, wer? Dias?« fragte Mister Salgado.

Ich sah Dias nach dem Schenkel schielen. Seine Lippen waren feucht. Er spitzte sie kurz und blickte fragend in die Runde.

»Komm schon ...«

»Also gut, gib her.«

»Den ganzen Schenkel?«

»Nein, nein, bist du verrückt? Nur ein paar Scheiben, Mann. Wüßte nicht, wohin mit dem Riesenschenkel.«

Ich legte die Gemüse vor. Schenkte dann einen rubinroten Jaffnawein ein, den Miss Nili einem Pfarrer aus der alkoholfreien Gegend eigens für Mister Salgado abgeluchst hatte. Sie erzählte den anderen Gästen, daß der Wein aus einem der besten Keller im Land käme. Der Pfarrer malte die Etiketten auf den Flaschen einzeln von Hand. Während sie redete, waren alle Blicke auf sie gerichtet, vor allem Robert schien jedes ihrer Worte zu schlürfen. Zwischendurch drängte sie mich, die Platten nochmals herumzureichen, als wäre sie die Gastgeberin und nicht der Ehrengast. Ich war glücklich, von Gast zu Gast gehen zu dürfen und zu beobachten, während ich bediente.

Ihr Nackenansatz war entblößt. Ihr Kleid hing an zwei schmalen schwarzen Trägern. Sie trug das Haar mit einer silbernen Spange am Hinterkopf aufgesteckt. Ein paar dünne Haarsträhnen hingen ihr ins Gesicht, aber ich konnte trotzdem an der linken Halsseite eine rote Schwellung längs einer flaumigen Sehne erkennen – wie ein Muttermal oder ein Mückenstich. Wenn sie den Kopf einem ihrer Tischnachbarn zuwandte, spannte sich die Haut, und das Mal verschob sich. Wenn sie redete, bewegten sich auch ihre Ohren. Sie waren größer, als ich erwartet hatte. Jedes mit zwei symmetrischen Falten am Ansatz; der Rand der Ohrmuschel rollte sich nach innen wie der Rand eines *puppadums* im heißen Öl. Ich hätte beinahe spontan die Ohren mit meinen Händen an den Kopf gepreßt und den Eingang zu ihrer Seele offengehalten, wie die Lippen einer rosafarbenen glasierten Muschel. Sie strömte Parfümduft aus, und als ich mich dazwischenschob, um die Kartoffeln auf ihren Teller zu schöpfen, roch ich den Duft noch intensiver. Er stieg unterhalb ihres Halses aus der Tiefe ihres flatternden Kleides auf. Sie hielt die Ellbogen auf dem Tisch aufgestützt und saß mit gestrafften Schultern und hohlem Kreuz auf ihrem Stuhl. Sie hatte das Parfüm wohl mit den Fingern verrieben, eingerieben wie pflegenden Blütenseim. Sie erzählte ihre Geschichte fertig und hob die Hand, um mich daran zu hindern, mehr auf ihren Teller zu schöpfen. Mein satt um die Hüften geknüpfter Sarong streifte ihren Arm. Sie bemerkte es nicht. Sie schaute über den Tisch. Robert fing ihren Blick auf; er hielt den Kopf leicht schräg und lächelte dümmlich. Ein Stück Truthahn fiel von ihrer Gabel; sie fing ihn schnell auf und sagte: »Jesus.«

»Jesus«, murmelten die anderen und hoben ihren vergorenen Traubensaft.

»Auf das Zeitalter des Wassermanns! *The Age of Aquarius*«, fügte Nili verschmitzt lächelnd hinzu.

Robert lachte und klatschte in die Hände.

Ich sauste um den Tisch und bediente auf der anderen Seite Dias.

»Kartoffeln, Sir?«

Er zwinkerte mir zu.

Ich häufte seinen Teller voll.

»Triton, du machst das ja wie im Grandhotel, was?«

Ich nickte verlegen, als ob man mich bei einer krummen Tour erwischt hätte. »Unser Mister wollte etwas Besonderes«, antwortete ich leise, so daß nur er es hörte.

Er beugte sich zu mir. »Sag, hast du vielleicht etwas *katta-sambol* oder sonst etwas Ähnliches? Grünen Chili? Bring mir ein bißchen. *Poddak*, ja? Bloß für den Geschmack.«

Mr. Dias war süchtig. Sein Gaumen war unempfindlich; er schmeckte nur Chili. Er brauchte ihn, wie andere Leute Kaffee brauchen, um in ihm die Nerven zu wecken. Vielleicht rührte das vom vielen Rauchen her. Alles an ihm war in Rauchringe gehüllt. Hätte ich gewußt, daß er kommt, hätte ich doppelt soviel in die Sauce getan, so daß sie selbst ihm wie Feuer durch die Kehle geglitten wäre, anstatt ihm heimlich *sambol* zuschmuggeln zu müssen. Wenn die andern ihn sahen, den Chili, würden sie alles damit bestreuen, und meine Truthahnsauce wäre zum Teufel.

»Kommt gleich, Sir«, sagte ich und ging weiter.

Mister Salgado war mit dem Tranchieren fertig. Er gab

mir ein Zeichen. Bedeutete mir wortlos, die Karkasse auf den Tisch zu stellen, in die Mitte.

»Wo hast du den Truthahn her, Ranjan? Bei all den ständig ändernden Einfuhrbestimmungen habe ich nichts auftreiben können. Nichts.« *Nona* Kushi, die Zahnarztfrau, klaubte die Weinbeeren aus der Füllung und betrachtete sie eingehend.

Mister Salgado erklärte, er habe den Truthahn im *Peacock House* besorgt. »Ein junger Mann hat eine Truthahnfarm in der Nähe von Alawwa aufgezogen und beliefert *Peacock House* mit dem Geflügel. Das ist die erste Saison, glaub' ich.«

Dias kicherte. »Ich wette, der Kerl hat einen Pfau auf seiner Truthahnfarm, was?«

»Diiias!« Nili stieß ihn in die Rippen. »Red keinen Unsinn.« Sie warf lachend den Kopf in den Nacken. Ich konnte den Fleischbissen durch ihren Hals gleiten sehen.

»Ich kenne ihn«, sagte Dr. Perera. »Fernando, Maxwell Fernando. Geschäftstüchtiger Junge. Ich weiß nicht, woher er seine Truthähne hat, aber er hat offenbar eine Methode gefunden, die Vögel ohne große Kosten zu mästen. Er macht ein verdammt gutes Geschäft damit.«

»Ich hoffe, man hat Sie nicht etwa übers Ohr gehauen?« Melanie tätschelte teilnahmsvoll Mister Salgados Arm.

»Ein einziger Truthahn und nur einmal im Jahr. Warum soll ich Fernando sein gutes Geschäft mißgönnen? Wir müssen diese flüggen Jungunternehmer unterstützen.« Er zuckte die Achseln. »Schließlich sind sie die einzigen Künstler, die wir aufzuweisen haben in diesen Zeiten ...«

Als alle bedient waren, zog ich mich in den Türdurchgang zurück. Messer und Gabeln klapperten, schnetzelten und schaufelten. Professor Dunstables Mund arbeitete fieberhaft; es sah aus, als ob sich seine Lippen beim Kauen zu einer kleinen Blume zusammenzogen. Jeder Bissen wurde zermalmt und so lange im Mund gekaut und gedreht, bis die Wangen sich aufblähten, als würde er demnächst ausspucken, doch dann schluckte er, und der Speisebrei schoß seinen Schlund hinunter. Mohan Wickremesinghe beobachtete ihn mit beruflichem Interesse.

Ich konnte Miss Nilis Gesicht nicht sehen, aber ich sah, wie ihre Arme sich bewegten, schnitten, die Gabel zum Mund führten. Bloß Mister Salgado rührte kaum etwas an. Er ließ mich nur ganz wenig auf seinen Teller legen. Doch er schaute glücklich zu Miss Nili hinüber. Robert nickte Dr. Perera zu, der sich in lyrischen Höhenflügen über Expeditionen zum Mond erging. Dias war in ein angeregtes Gespräch mit Melanie vertieft und schien seinen Chili vergessen zu haben.

Im Dorf meines Vaters gab es jeweils Almosentage. Es mußte sich hier wohl um etwas Ähnliches handeln. Bloß, daß es hier mit Jesus zu tun hatte, obwohl sein Name nach dem ersten Toast nicht mehr gefallen war. Mister Salgado oben am Tisch schaute drein, als ob seine Gedanken in eine ähnliche Richtung gingen. Es war keine Wohltätigkeit, sondern ein Akt des Gebens. Was mich betraf, bestand das Geben darin, die Absicht in etwas Eßbares zu verwandeln. Ich gab durch das Kochen, und das Kochen wiederum gab mir Genugtuung zurück.

Am Truthahn war noch jede Menge Fleisch, also dachte ich mir, ich müsse noch etwas davon abschneiden und servieren. Mister Salgado nickte zustimmend.

Alle bekamen noch ein Stück; alle, außer Mister Salgado. Er genoß es jeweils, allein zu essen, wenn er sich in einem losen Sarong entspannen konnte, ohne sich an einer Konversation beteiligen zu müssen. Er zog es vor, sich auf eine Sache aufeinmal zu konzentrieren.

Die Gäste erreichten, einer nach dem andern, die Grenze ihres Fassungsvermögens und legten ihr Besteck nieder; sie waren offensichtlich bis obenauf satt. Als ich mich ans Abräumen machte, war leises genüßliches Grunzen zu hören und ein langer sonorer Rülpser: Dias natürlich. Robert schaute mir geradeaus in die Augen – seine Pupillen waren zwei eisblau gesprenkelte Klicker – und sagte kalt und knapp: »Danke.«

Zur Nachspeise trug ich den eingekauften *Christmaspudding* auf. Ich brauchte mich deswegen nicht zu schämen. Wenn die Gäste von einem anständigen Hauptgang satt sind, kann man den Pudding nebenher gehen lassen.

Mister Salgado bat ins Wohnzimmer zum schwarzen Kaffee; die Gäste standen auf und kugelten sich zu ihren schaumstoffgepolsterten Verdauungsplätzen. Ich stellte Tassen und Untertassen und eine große Kanne Kaffee bereit, so daß sich jedermann nach Belieben bedienen konnte. Miss Nili schenkte ein, während ich das Eßzimmer aufräumte – möglichst laut klappernd, wie es sich für die Kellner im *Sea-Hopper*-Hotel schickte, stellte ich mir vor. Die Ausländer verabschiedeten sich frühzeitig mit höflichen »Frohe Weihnachten« und »Bye-bye«. Die andern ereiferten sich über die jüngst fallengelassene Anklage in Sachen Putschversuch des Generalmajors.

»Großer Fehler«, sagte Mohan. »Es handelt sich diesmal nicht bloß um einen kleinen Haufen ausgedienter Marineoffiziere. Nicht wie 62, als niemand sich einen größeren Verrat vorstellen konnte als jenen Operettenputsch.«

»Ah ja, und was ist mit Doktor Tissa, diesem mysteriösen Doktor Tissa?« Dias fuchtelte mit dem Finger in die Luft. »Ich wette, wir werden noch einiges von ihm hören.«

»Doktor Tissa? Der scharfsinnig die allgemeine Unzufriedenheit diagnostiziert hat? Jeder Blinde kann doch feststellen, daß die Jungen unzufrieden sind. Der Kerl will einfach Unruhe stiften.«

»Wer ist das überhaupt?« fragte Mister Salgado.

»Irgendein Kerl, den sie mit einem Stipendium nach Moskau geschickt haben. Nun spielt sich der Narr als Volksheld auf. Als Revolutionär.«

Ich hörte Miss Nili sagen, daß im Hotel, wo sie arbeitete, täglich Leute vorbeikämen, um nach Arbeit zu fragen. Sie hätten jede Menge Diplome vorzuweisen.

»Ungute Zeiten, ungute Zeiten«, murmelte Mohan und stand auf. »Die wollen Blut, keine Jobs. Die wollen eine Säuberung, jawohl. Wollen uns alle vernichten.« Er betrachtete die strahlendweißen Zähne seiner Frau. »Komm, trotzdem Zeit aufzubrechen.«

»Was ist mit Ihnen, Nili? Sollen wir Sie mitnehmen? Oder bringt Sie Dias nach Hause?«

»Mach' ich, mach' ich.«

Später, als sich die Runde gelichtet hatte, ging ich nochmals hinüber und fragte, ob noch jemand Kaffee möchte.

»Nein, nein. Kein Kaffee mehr.« Dias schüttelte nachdenklich den Kopf. Fügte dann hinzu: »Sehr gut, Triton. Ein ausgezeichnetes Essen.« Er wandte sich den andern zwei zu. »Ein großartiger Koch, der Junge. Erstklassig. Ein richtiger Meisterkoch, was?«

»Wunderbar«, sagte Miss Nili.

Ich entfernte mich rückwärts.

»Iß du jetzt«, sagte Mister Salgado. »Nimm von dem Truthahn.«

»Sir, und was ist mit Ihnen, Sir?«

»Morgen. Morgen schmeckt er besser.«

»Was? Wie kannst du nur so etwas Dummes sagen …« fuhr Nili zornig auf.

Mister Salgado wandte sich mir zu. »Es hat geschmeckt. Sehr sogar. Ich esse später noch etwas davon.«

Ich hätte mir gewünscht, er würde jetzt essen, auf der Stelle. Ich hatte immer Hemmungen, sein Essen vor ihm zu essen. Wenn er nichts aß, gab es manchmal auch für mich nichts zu essen. Oder ich trieb sonst etwas für mich auf. Sonst hätte er meine Resten essen müssen. Und das gehörte sich nicht.

Als ich in die Küche zurückkehrte, schien der Tisch demnächst zusammenzubrechen. Allein schon beim Anblick der Berge von Tellern und Schüsseln und der zur Hälfte aufgegessenen Karkasse war ich erschöpft; zwei Stunden Arbeit allermindestens, die nicht bis zum Morgen verschoben werden konnte. Sonst würde es in der Küche von Ratten und Kakerlaken wimmeln. Der Truthahn mit seinem Brustbein, das wie eine Firststange hervorstand, war immer noch zu groß für den Kühlschrank. Er mußte ausgebeint werden, dann kam das Geschirr an die Reihe.

Das Ausbeinen ist an sich schon beruhigend. Eine Pause; eine Feierabendbeschäftigung. Man vergißt dabei alles um sich herum und wird eins mit dem Messer, während man das Fleisch häppchenweise vom Knorpel und vom glatten Knochen schabt. Der Sinn des Lebens wird einfach, konzentriert sich auf diese eine gewissenhafte Arbeit. Ganz anders als das Geschirrspülen, das die verschiedensten Schritte erfordert. Man muß dabei denken, sortieren, entscheiden: was wegwerfen, was einweichen, was vorspülen … Nur das Abtrocknen hat etwas von der Einfachheit und rituellen Schönheit des Ausbeinens, doch auch das ist nicht reine Freude, denn letztlich muß man sich überlegen, wo nach getaner Arbeit alles versorgen. Ausbeinen ist ein Urtrieb. Wie ein Tier, das seine Beute hinunterschlingt; wie essen, doch ohne den Bauch zu füllen. Eine Rückkehr zu archaischen Werten. Der genügsame Jäger, ein Verdauungsprozeß. Ein Überlebender, ich. Eine Meerschnecke.

Als ich den Bürzel zerschnitten und mich durch zwei Drittel des Brustbeines durchgeschnipselt hatte, kam Miss Nili herein. Sie blieb unter der Tür stehen und sagte freundlich: »Fröhliche Weihnachten, Triton!«

Ich wandte mich um, halb über meinem Operationstisch gebückt, weil ich das Gelenk im Griff behalten wollte.

»Ich habe ein kleines Geschenk für dich.«

Ich wußte nicht, was sagen; ich sagte nichts.

»In der Weihnachtszeit ist es bei uns Brauch, Geschenke zu machen. Schau, ich habe eine Kleinigkeit für dich.«

Aber ich hatte nichts für sie. »Ein Geschenk?«

Sie streckte mir ein Päckchen entgegen.

Ich trocknete mir die Hände an einem Geschirrtuch, doch sie fühlten sich immer noch fettig an. Ich konnte es nicht berühren. »Moment bitte«, sagte ich und wusch mir schnell die Hände am Spülstein, schrubbte sie mit einem Kokosfasernbüschel und einem rosafarbenen Walknochen. Ich trocknete die Hände an meinem Sarong und nahm das Paket entgegen: ein kleines, in braunes Papier gewickeltes, mit grünen dreieckigen Motiven geschmücktes Rechteck.

»*Aney*, Missy, ich habe nichts für Sie.«

»Das macht doch nichts, Triton. Mister Salgado hat gesagt, du würdest dich darüber freuen.«

Ich spürte, daß es ein Buch war. Ich fühlte mich verlegen, verwirrt, meine Kehle war trocken.

»Mach es auf.«

Ich wollte es nicht aufmachen. Das Päckchen war so hübsch eingewickelt, die Ecken sauber eingeschlagen und zugeklebt. Ich hatte noch nie etwas Ähnliches bekommen. Ich war noch nie beschenkt worden in meinem Leben.

»Ein Buch?«

»Mach es auf«, lächelte sie.

Ich nahm mein Zwiebelmesser mit dem schwarzen Griff, schob die flache Klinge unter die längsseitige Klappe, glitt sorgfältig den gekleisterten Papierrand entlang. Der Geruch von Reiskleister und bedrucktem Papier stieg mir wie Rauch in die Nase. Ich wickelte das Buch sorgfältig aus der Umhüllung, um sie nicht zu verformen und sie später wieder benützen zu können. *Hundert Rezepte aus der ganzen Welt*, illustriert, mit einem steifen Leineneinband und einem Schutzumschlag, auf dem Gerichte abgebildet waren, die aus einer Erdkugel sausten.

»Ein Geschenk«, sagte sie. »Ich hoffe, es gefällt dir.«

Gefallen? Unglaublich, daß der Gedanke sie überhaupt gestreift haben könnte. Warum sollte sie sich für mich interessieren? Wie konnte sie an meiner Antwort zweifeln, fragte ich mich erstaunt. Als ob es mir jemals nicht gefallen könnte. Als ob mir der Duft von Zimt in perlkörnigem Reis nicht gefiele oder das Summen eines Kolibris, der Nektar aus einer rosafarbenen Pantoffelblume nippt.

Sie schaute mir geradeaus in die Augen. Ich erwiderte ihren Blick, höchstens ein paar Sekunden, und stellte fest, daß es das erste Mal war. Ich sah kurz in ein verschrecktes Vogelgesicht. Ihr üblicher Gesichtsausdruck. Ich konnte sie nicht nochmals anschauen, obwohl sie nicht mit den Wimpern gezuckt hatte, als sich unsere Blicke trafen. Sie stand reglos dort, kam es mir vor, während ich das Buch in beide Hände nahm.

»Es ist ein gutes Jahr gewesen, Triton. Ich hoffe, es ist auch für dich ein gutes gewesen.«

»Ja, Missy.«

»Ich wünschte mir, dieses Jahr möge ewig weitergehen ...« Es war spät. Sie war müde. Sie wußte nicht, was sie sagte. Ich dachte, daß sie wohl mehr Gin als Limette in ihren Fruchtsaft getan hatte.

»Missy, das nächste Jahr wird ebenfalls gut sein. Vielleicht besser.«

»Ich hoffe es, Triton«, sagte sie. »Mein Gott, ich hoffe, es wird ebenso gut.« Sie schaute sich in der Küche um, was mir die Berge schmutziger Teller und Platten und Schüsseln in Erinnerung rief. Auf der einen Anrichte stapelten sich noch alle Kochutensilien. Trotz meiner umsichtigen

Planung war ich zu sehr mit dem Haus beschäftigt gewesen und hatte fünf gerade sein lassen müssen, um das Essen pünktlich warm auf den Tisch zu bringen. Eine ganze Menge Arbeit war noch zu erledigen. Der Fußboden sah schlimm aus. Er mußte gekehrt werden. Eigentlich hätte er ordentlich saubergefegt werden müssen. Doch zuerst mußte ich das Geschirr fertigspülen; all die Kartoffel- und Kürbisreste und Mark und Truthahnhaut, die die Gäste auf ihren Tellern zurückgelassen hatten – genug, eine ganze Familie zu ernähren –, im Abfalleimer entsorgen, vorspülen und mit Scheuerpulver reiben und sauberspülen und nachspülen, damit der Ablauf nicht verstopft und der Fußboden nicht überschwemmt und mit Abfall übersät wurde. Vorher mußte ich fertig ausbeinen und die Reste in Portionen abpacken, denn sonst konnten die schmutzigen Schüsseln nicht zum Spülen bereitgestellt werden. Mein Elan, mit dem ich das übriggebliebene Truthahnfleisch von seinen Knochen geschabt hatte, war verschwunden; als ich sprachlos darauf wartete, daß sich ihre Lippen bewegten, war die Energie abgeflossen.

Schließlich sagte sie: »Es war ein wunderbares Essen, Triton. Das hast du großartig gemacht.«

Ich sagte ihr, es sei etwas Neues gewesen für mich. Ich war nicht sicher, wie gut er tatsächlich gewesen war, der Truthahn. Ob er besser geschmeckt hatte als der ihrer Mutter.

»Wunderbar, Triton. Hast du davon probiert?«

Ich schüttelte den Kopf. Woher hätte ich die Zeit nehmen sollen?

»Nimm dir ein Stück. Jetzt gleich.« Trotz ihrer Arbeit im Hotel schien sie nicht viel Ahnung davon zu haben, was es heißt, die Dinge eins nach dem andern zu erledigen. Ich konnte jetzt nicht essen, es gab zuviel zu tun. Hunger läßt sich unterdrücken. Wenn man allein ist, kann man die

Dinge verschieben, kann sie auf die Seite schieben. Wenn man sich nur um sich selbst kümmern muß, kann man den Dingen den Lauf lassen: Man hat keine Verpflichtungen. Mit der Zeit paßt sich der Magen den Umständen an, zieht sich zusammen und dehnt sich in guten Zeiten problemlos wieder.

»Dein Mister Salgado scheint ebenfalls nie zu essen«, fügte sie hinzu. »Was ist in diesem Haus los, daß ihr Männer euch so schwertut mit Essen?«

Ich lächelte, sagte aber nichts. Das hatte nichts mit dem Haus zu tun. Es war unsere Art zu leben. Auch wenn es mir lieber gewesen wäre, wenn er mit den andern gegessen hätte, wußte ich genau, wie ihm zumute gewesen war. Er brauchte seine Privatsphäre, um sich wohl zu fühlen. Wenn er anderen Verpflichtungen nachkommen mußte – sich mit Leuten unterhalten, sich um Gäste kümmern, Gedanken aufgreifen –, lenkte ihn Essen zu sehr ab. In Gesellschaft von vielen Leuten zu essen war riskant: Die Aufmerksamkeit war immer geteilt. Nur miteinander vertraute Menschen konnten gemeinsam essen und glücklich sein. Es war wie miteinander schlafen: Es enthüllte zuviel. Essen war die Verführung überhaupt. Doch ich konnte das alles Miss Nili nicht sagen. Ich hatte damals noch nicht einmal gründlich darüber nachgedacht. Ich war jungfräulich. Schließlich sagte ich zu ihr, ich würde essen, nachdem ich meine Arbeit erledigt hätte. Iß immer zuletzt, dann kannst du guten Gewissens tüchtig zugreifen.

Selbst in der spärlich beleuchteten Küche – vor allem dort, wo sie stand, wo die Nacht hereinzusickern und den Raum zusätzlich zu verdüstern schien – konnte ich sehen, wie sich die Linien um ihren Mund vertieften und ihre Zungenspitze – ein Zipfel rotes, warmes verborgenes Fleisch – sich zwischen den Lippen bewegte. Sie war kleiner als ich, doch wie sie dort in der Dunkelheit stand und redete, kam es mir vor, als würde sie wachsen. Ich spürte, wie ihre Hand meine berührte.

Im Buch lag ein Hundertrupien-Schein. Ein Stück Papier mit Zeichnungen, die irgendwo in Surrey gestochen worden waren: ein Bild, Namen, die mir nichts bedeuteten; Schnörkellinien aus farbigem Tusch. Nur durch Besitz wertvoll und durch nichts anderes sonst. Nicht wegen der Kunstfertigkeit, nicht wegen des Könnens eines Künstlers, der sein ganzes Leben geopfert hatte, um es zur Meisterschaft zu bringen, nicht wegen der paar Worte darauf, sondern einfach, weil er anerkannt wurde. Er lag auf der Titelseite des Buches.

»Was ist das?« fragte ich, aber sie war gegangen. Missy, hätte ich ihr nachrufen mögen, um den Abgrund zwischen uns zu überbrücken. Ich war bloß ein Boy, aber ich wünschte mir, daß es in unserem kleinen Universum mehr zwischen uns gäbe als Geld. Sie plauderte jetzt wohl mit Mister Salgado und Dias. Ich fragte mich, ob die drei auch Geschenke austauschten. Ich kehrte wieder zu meinem Vogel zurück, schabte die Knochen glatt, schmierte die Karkasse ein. Ich fühlte mich ähnlich: Mein Fleisch schmolz zusammen und ließ mich leer zurück. Ich hätte mich ohrfeigen mögen, daß ich die Zeit, die sie mit mir in der Küche verbracht hatte, nicht besser genutzt hatte. Es gab so vieles, worüber wir uns hätten unterhalten können, doch statt dessen war ich allein zurückgeblieben, umgeben von Stille, die nur vom schabenden Geräusch meines Messers unterbrochen wurde, vom Kratzen der Ratten an der Wand und den Heerscharen von Kakerlaken, die instinktiv ihren Weg in unsere feuchten, dunklen Küchenschränke fanden. Ihr Parfüm hatte zuerst das ganze Haus erfüllt, hatte sich über den verführerischen Duft des Truthahns gelegt; doch jetzt war mir bloß, als hätte es eine Spur Bitterkeit in mir zurückgelassen.

Ich trennte mit einer Drehbewegung den rechten Flügel ab. So, ich hatte es geschafft. Ich legte die Knochen in eine Schüssel, um eine Brühe daraus zu machen, und schichtete das Fleisch in einen Kunststoffbehälter. Der zumindest paßte in den summenden Kühlschrank auf der Veranda zwischen Küche und Eßzimmer. Eine streunende Katze rieb sich schnurrend das Fell daran. Ich zischte sie an und verstaute den Truthahn in der kältesten Ecke.

Ich hörte Dias im Haus drüben reden. Er hatte eine ganze Menge Drinks gehabt und war in Form. »Großartig«, hörte ich ihn sagen. Seine Stimme stieg eine halbe Oktave höher. »Du bist großartig, Nili.« Sie brach in Lachen aus. Dann verschmolzen ihre Stimmen mit Mister Salgados Stimme und flossen durch die Türöffnung in den Garten hinter dem Haus. Die Stimmen entwickelten in der Dunkelheit ein Eigenleben; sie umkreisten mich, als sei ich tief unter Wasser und sie seien schwimmende Fische, als lösten sie einen Sog aus, der gespürt, aber nicht gesehen werden konnte, kleine Strömungen, Wellen. Das Lachen hatte etwas Absonderliches an sich. Und kielunter der tiefe beruhigende Klang – ich konnte die Worte nicht verstehen – von Mister Salgado. Die hohlen Laute vermischten sich mit den Lauten aus der Nachbarschaft. Ich stellte mir all die Menschen vor, die vielleicht in den Häusern unserer Straße auf den Schlaf warteten. Mindestens zwei oder drei Personen in jedem Haus, allein, wie ich auf einer Matte in einer Ecke eines Zimmers.

Sechzig einsam ausgestreckte, sich räkelnde Körper in unserer Straße, die nur sich selbst spürten, einen Blutstrom, der ihr Fleisch anschwellen ließ. Dazu an die dreißig Paare vielleicht, Ehemänner und Ehefrauen, Liebespaare hinter verschlossenen Türen und offenen Fenstern, eingeschlossen in einer schweißnassen, verrenkten Umarmung, die Liebe, Zuneigung oder Pflicht bedeutete. Rhythmisch stoßend die

Straße zum Schaukeln brachten, Haus um Haus, in einem Unisono, dessen sie sich in ihrem Taumel nicht bewußt waren; verzückt murmelnd oder ans Abendessen oder Frühstück denkend – vielleicht sogar an ihren Koch –, während sie sich so etwas wie Liebe hingaben, um die Nacht zu verkürzen. Wie viele hatten wohl jemand Neues gefunden in dieser Nacht? Was sagten sie zueinander in solchen Momenten? In der Dunkelheit, mit so vielen Leuten im Haus nebenan und im Haus neben dem Haus nebenan? Fröhliche Weihnachten? Willst du wirklich, Darling? Ja?

Ich murmelte ein paar Worte in die Nacht, bereicherte auf meine Weise die Luft, wie ich es allein auf den Reisfeldern meines Vaters getan hatte. Ich stellte mir damals eine Umarmung vor, die die ganze Welt umfing: hinter den Kokosnußpalmen, dem Hühnerhof, den Wildschweinen, Leopard und Bär. Doch ich hatte mir nie zuvor die Menschenmengen in einer Stadt vorgestellt, die sich keuchend in das Leben des andern drängten.

Dias war Christ wie Nili. Er trug ein kleines Kreuz an einer dünnen goldenen Kette um den Hals. Vielleicht war das der Grund, warum er an diesem Abend so vergnügt war. Vielleicht gaben sie einander viel mehr, wenn sie Gemeinsamkeiten und Geschenke austauschten. Ich hätte gern gewußt, ob es zu dieser Zeit des Jahres etwas Besonderes zwischen Christen gab. Geld? War es das?

Dann hörte ich »Gute Nacht ... auf Wiedersehen« und Mr. Dias' alten Wolseley starten und die Straße hinunter tuckern. Ich hörte Mister Salgado ins Haus zurückkehren. Das Fest war vorbei. Er konnte nun nach mir rufen, wenn er essen wollte. Mein Hunger war fürs erste verschwunden.

Später, als ich annahm, daß er zu Bett gegangen war, ging ich ins Haus hinüber, um abzuschließen und die Lichter auszumachen. Bloß die Hauptbeleuchtung im

Wohnzimmer und die Blinker am Weihnachtsbaum brannten noch. Ich sagte mir, daß man in Anbetracht dieser besonderen Nacht die Lichter am Weihnachtsbaum vielleicht brennen lassen konnte, die Lampe jedoch mußte gelöscht werden. Ich ging leise hinein. Und plötzlich sah ich sie: Mister Salgado und Nili auf dem Sofa neben dem Baum. Sie saßen flüsternd eng aneinandergeschmiegt. Sie bemerkten mich nicht. Es war ihre Weihnacht. Ich zog mich zurück, bis ich sie nicht mehr hören konnte.

III

TAUSEND FINGER

Ein paar Tage später zog Nili bei uns ein. Für uns war das der Beginn einer neuen Ära.

Mister Salgado erwähnte mir gegenüber nichts, kein Wort über sie oder über ihre gemeinsamen Pläne. Ein neuer Minister rechtfertigte sich wieder einmal im Rundfunk, als ich Mister Salgado den Wagen aus der Garage fahren hörte – seinen blauen Alfa Romeo, einer der ersten 1300er weit und breit. Er kehrte ein paar Stunden später mit Miss Nili auf dem Vordersitz und zwei Koffern und mehreren Kartons auf den Rücksitzen zurück.

»Wohin damit?« fragte ich.

»Trag sie ins Haus«, sagte er. »*Nona* Nili kann mein Zimmer haben. Bring meine Kleider ins Gästezimmer«, sagte er kurz und bündig.

»Ich bleibe hier«, fügte Nili sanft hinzu. »Bei euch.« Sie lächelte.

Ich hätte darauf gefaßt sein müssen – nehme ich an –, doch das Tempo, mit dem sich unsere Lebensgewohnheiten änderten, überraschte mich. Ich ließ mir nichts anmerken. Ich nickte und hob das Gepäck auf. Es ging mich schließlich nichts an, wie sie ihre Angelegenheiten regelten. Ich freute mich, daß sie zu uns zog; das ganze Haus schien sich mit Leben zu füllen, als sie es betrat.

Mister Salgado schlug die Autotür zu und begleitete Nili hinein. Wenn man die beiden so sah, hätte man meinen können, sie habe das Haus noch nie betreten. Sie setzte die Füße ganz behutsam auf.

Ich hatte an jenem Morgen alles sauber geputzt. Samstag – und der entsprechende Mondfeiertag – war der unvorhersagbarste Tag der Woche, wie ich aus Erfahrung wußte. Mister Salgado bat mich manchmal, ihn auf den Markt zu begleiten, weil er Lust auf Bananen oder Ananas oder ein anständiges Stück Fleisch hatte und mich brauchte, um für ihn die besten Angebote ausfindig zu machen. Ich war in diesen Belangen zu seinem Berater geworden. Ich hatte eine eigene Methode entwickelt, um die Qualität zu beurteilen, und konnte zudem viel gnadenloser feilschen als er. Doch wenn er mich jeweils mir nichts, dir nichts mitnahm, geriet mein Tagesplan aus den Fugen, und es war ein regelrechtes Gehetze, um bis zum Abend mit allem fertig zu werden. Trotzdem schaffte ich es manchmal nicht. Zum Glück war er an jenem Tag allein zu seinem Rendezvous gegangen. So war zu ihrem Empfang das Wohnzimmer gekehrt und sauber aufgeräumt. Und sowohl Mister Salgados Schlafzimmer als auch das Gästezimmer – das er nun offenbar beziehen wollte – waren blitzblank.

Im Wohnzimmer blieb Nili zögernd stehen. Ich sagte: »*Nona* Missy, warten Sie. Ich gehe das Zimmer herrichten.«

»Setz dich«, sagte Mister Salgado zu ihr. »Trinken wir einen Kaffee?« Sie war immer noch ein Gast; in dieser Hinsicht hatte sich noch nichts geändert.

»Ja, Sir. Ich bringe Kaffee.« Ich trug zuerst das Gepäck ins Schlafzimmer. Ich stellte es neben das Bett. Alle seine Sachen ins andere Zimmer umräumen zu müssen, das paßte mir gar nicht. Wozu? Und für wie lange? Es war ein Männerzimmer. Mußte ich vielleicht auch die Möbel austauschen? Meine orangefarbenen Vorhänge? Ich erinnerte mich, wie sie aus dem Fenster geschaut hatte, als wir in seinem Zimmer zusammen ein Hemd aussuchten. Hatte sie diesen Umzug schon damals im Sinn gehabt?

Als ich den Kaffee brachte, saßen die beiden einander gegenüber wie üblich und schauten sich in die Augen. Ich stellte das Tablett mit den zwei Tassen auf den Tisch dazwischen. Sie nahm keinen Zucker, nur Milch. Allein schon zu wissen, daß ich das wußte, machte mich schwindlig. Ich schob eine der Tassen näher zu ihr hin, und sie schaute zu mir auf: »Danke, Triton.«

Ich schlürfte ihre Worte ein wie Honig. »Ich gehe das Zimmer bereit machen«, sagte ich.

Ich hörte ein Glucksen. Ich blickte Mister Salgado an. Er lächelte. Er lehnte sich entspannt zurück, sein Mund verzog sich zu einem noch viel breiteren Lächeln. Ich wußte nicht, was da so lustig war. Sein Hemdkragen war auf der einen Seite verdreht, als hätte er daran herumgefingert. Ich übersah es. Ich sagte mir, daß es nun ihre Sache war, sich um solche Dinge zu kümmern. Sie konnte ihn darauf aufmerksam machen oder sich zu ihm hinüberbeugen und den Kragen glätten, wenn es sie störte. Vielleicht gefiel ihr das: lässiger, entspannter, sorgloser. Er war früher ein Männermann gewesen, jetzt war er ein Frauenmann geworden.

Doch wohin mit seinen Schuhen? Die Kleider konnte ich im Schrank im Gästezimmer unterbringen, aber Mister Salgado besaß zu viele Schuhe. Er hortete sie. Bis jetzt war das weiter kein Problem gewesen, weil in seinem Zimmer ein Schuhschrank stand, in dem jede Menge Schuhe Platz hatten. Gewöhnlich waren es mindestens zehn Paar gleichzeitig, seine festen Schnürschuhe mit dem Lochmuster mit eingeschlossen, die meisten zu spitz, um jemals bequem zu sein. Doch das Gästezimmer war fürs Schuhhorten nicht eingerichtet. Ich konnte sie nicht dort lassen, wo sie waren, denn ich wußte, daß Nili ebenfalls jede Menge Schuhe sammelte. Die Kartons, die sie mitgebracht hatte, waren wahrscheinlich alle mit Schuhen vollgestopft. Schwarze, goldene, elfenbeinfarbene, hochhackige, flachsohlige, korkgepolsterte Leder- und Gummischuhe. Sogar rote Schuhe.

Und jede Menge Sandalen. Ich hatte ihre Sandalen gesehen: braune Ledersandalen mit knirschenden Glasperlenbändern über dem Rist und manchmal sogar um die Fersen. Indische *chappals*, mit geflochtenen Lederriemchen und schlichten Verzierungen aus gehämmertem Silber. Schließlich versenkte ich Mister Salgados Schuhe in eine alte Teekiste und lagerte sie auf der hinteren Veranda, hoffte, sie würden nicht verschimmeln und verkommen wie der übrige Trödel im Haus. Das Problem konnte später angegangen werden. Vielleicht konnten wir einen zweiten Schuhschrank anfertigen lassen. Es würde nicht allzuviel kosten, verglichen mit dem Geld, das er an seinen Füßen ohnehin ausgab.

Nachdem ich den Schrank ausgeräumt hatte, die Regale mit neuem Kraftpapier ausgelegt und alle Ecken und Winkel mit ein paar Tropfen Rosenessenz parfümiert hatte, nahm ich die Koffer in Angriff. Sie waren nicht abgeschlossen. Ich machte sie auf. Ich hatte noch nie zuvor Frauenkleider berührt: kringelig gemusterte Batikblusen, glitschige Bündel seidener Röcke. Ein ganzer Stapel dünnes, durchscheinendes Gewebe, der sich mit einer Hand hochheben ließ; er war federleicht. Darunter entdeckte ich kleine schwarze Dinger und weiße Gebilde: Satinschalen mit spitz zulaufenden Nähten, paarweise mit Bändern und Haken und Elastikriemchen verbunden. Ich fischte ein weiteres schlüpfriges Bündel heraus, doch ich hatte das undeutliche Gefühl, daß dies alles meiner Zuständigkeit vielleicht ein bißchen entglitt. Der Stoff war mit nichts vergleichbar, was mir jemals in die Hände gekommen war. Nicht wie Mister Salgados Unterwäsche mit Taschen und Ausbuchtungen und kleinen Schlitzen, durch die sein Pimmel zielen konnte. Alles aus vernünftiger Baumwolle, ausgenommen die Tiefschoner, die aus steifem Pergament zu sein schienen. Die von Miss Nili jedoch war nicht von

120

dieser Welt. Ich ging ins Wohnzimmer zurück und fragte sie, was ich tun soll. »Der Kleiderschrank ist leer«, sagte ich. »Soll ich die Koffer auspacken?«

»O ja, bitte. Räum alles irgendwo ein. Es sind bloß Kleider.«

»In den Kartons auch?« fragte Mister Salgado.

»Nein. Laß die Kartons vorläufig, wo sie sind. Es ist nichts drin, was ich dringend brauche.«

»Sir …« Mein Mund zuckte kurz. »Ihre Schuhe …«

Mister Salgado schaute erschrocken auf.

»Ein zweiter Schuhschrank …«

Er schüttelte den Kopf. Ich dachte, das heiße nein, doch er winkte mit der Hand ab, was »später, später« bedeutete. Wir reden später darüber. Die Schuhe waren nicht so wichtig, Miss Nilis ordentliche Unterbringung ging vor. Ich war durchaus der gleichen Ansicht: die Blusen und Hosen, die Röcke und Fetzchen aus Riemchen und Spitzen. Ich hatte mir nie vorgestellt, daß eine Frau so viele Formen zum Hinein- und Hinausschlüpfen haben konnte. Und jede roch anders. Von ihrer Haut? Ihrem Parfüm? Aus ihr heraus? In einem Koffer fand ich einen Beutel mit schmutziger Wäsche, darunter waren Höschen, die in der Mitte steif waren, es sah aus wie eingetrocknete Milch. Ich legte alles in unseren Wäschekorb. Ich war über die schmutzige Wäsche erstaunt, doch ich sagte mir, daß sie wohl in Eile gepackt hatte. Wenn man sich auf moderne Art kleidet, ist man mit Waschen zwangsläufig immer im Rückstand. Für mich war es damals viel einfacher: Wenn mein Hemd und mein Sarong schmutzig waren, wusch ich sie gleich. Auf der Stelle. Eimer und Seife. Doch bei ihr war das natürlich anders. Ich räumte die sauberen Sachen sorgfältig ein und verstaute die Koffer oben auf dem Schrank, hinter dem geschnitzten Aufsatz.

MISTER SALGADO STRAHLTE, als ob eine Zauberlaterne hinter seiner Haut scheinen würde. Ein jungenhaftes Lächeln stahl sich ständig in sein Gesicht, die Mundwinkel zogen sich unwiderstehlich in die Höhe, seine Zähne drängten sich an die frische Luft. Die scharfen Kanten seines Gesichts rundeten sich; er schien von innen heraus Fleisch anzusetzen, und mit jeder Mahlzeit, die er mit ihr in unserem Haus teilte, wurde er kräftiger. Seine Hemden würden demnächst an den Nähten platzen, dachte ich, und sein Bizeps jeden Faden hundertfach dehnen. Selbst die Stimmung im Haus war anders, wenn er da war. Seine Anwesenheit war spürbarer, wenn er Nilis Parfümwolke durchbrach. Wenn er redete, schaute er mich an, während er früher durch einen Würfel aus Spiegeln und Trommelfell zu kommunizieren schien. Es war, als sei er zum ersten Mal wirklich anwesend, leibhaftig vor mir und nicht irgendwo träumend.

Miss Nili wurde die Dame – unsere *nona* – des Hauses, doch er ließ sich nie weiter darüber aus, über ihre Stellung. In jenen berauschenden Tagen lag offenbar etwas in der Luft, was unkonventionellen Veränderungen förderlich zu sein schien. Das übrige Land schlitterte in eine beispiellose Verschuldung, rüstete sich für eine Veränderung ganz anderer Art: eine allgemeine Verrohung, die zur Folge hatte, daß unsere Maulhelden zu Schlägern wurden, unsere Sudelköche sich in Söldner verwandelten und unsere Parteiführer sich als kurzlebige Megalomanen auszeichneten. Doch damals interessierte ich mich kaum für die Politik unseres Landes: Jeder muß seine Träume ausleben. Die Veränderungen in unserem Haus genügten mir vollauf. Nicht nur die Schlafräume wechselten den Besitzer: In allen Zimmern wurden die Möbel umgestellt, Pflanzen für kahle Ecken wurden angeliefert, neue batikgemusterte Vorhänge wurden bestellt, alte Sessel neu aufgepolstert,

Wände, Holzwerk, Jalousien neu gestrichen. Ich mußte mich um eine ganze Menge dieser Dinge kümmern, doch es handelte sich einfach darum, Anweisungen zu befolgen. Ich mußte nichts entscheiden; ich brauchte nicht Abläufe und Prioritäten festzulegen. *Nona* Missy, Nili, organisierte alles. Nicht von ungefähr hatte sie die Rezeption im *Sea-Hopper*-Hotel geleitet. Die Küche und das Kochen jedoch überließ sie ganz mir. Sie übernahm die Verantwortung für das Haus und weckte dadurch in jedem von uns das Gefühl, als ob wir ebenfalls irgendeine Verantwortung trügen.

Ich wollte sie durch meine Finger die ganze Welt kosten lassen, also kochte ich wie ein Zauberer – von Königsgarnelen bis zum Rumsoufflé. Als er sie zum ersten Mal zum Strandbungalow mitnahm, bereitete ich sogar einen prächtigen Papageifisch für sie zu.

»Gehen wir doch tauchen morgen«, sagte er, »in meiner Bucht.«

»Ist es nicht gefährlich?«

»Eine märchenhafte Welt. Märchenhaft. Ich werde dir die Fische zeigen und die Korallen. Wir können nach Meeresschildkröten Ausschau halten. Uns dann bis zum Rand treiben lassen. Über dem Abgrund schwimmen.«

Nili hob ihre sorgfältig gezupften Brauen. »Dem Abgrund?«

»Außerhalb des Riffs ist eine Klippe. Der Meeresgrund stürzt Tausende Fuß tief ab. Der tiefste Punkt der Welt. Man kann ihn nicht sehen. Bloß die vielen prähistorischen Formationen. Riesige Berge, die aus der Tiefe emporragen. Aber es ist ungefährlich. Wenn man einmal so weit draußen ist, kann man sich bis nach Indonesien treiben lassen und zurück. Problemlos.« Mister Salgado fuhr mit den Fingern durch sein langes Haar und zupfelte daran.

»Abgrund klingt so absurd.«

»Ist es nicht!«

»Sei doch nicht gleich betupft.«

Er rückte näher zu ihr, und sie streckte die Hand nach ihm aus. »Unter Wasser«, sagte er und stellte sie auf die Zehenspitzen und zog sie an sich. »Unter Wasser, hm? Was meinst du?« Sie lachte.

AUSSERHALB DES RIFFS schwammen aufgeschreckte Fischschwärme hin und her.

Mister Salgado hielt Nilis Hand, während die strudelnde Gischt ihre Fußspuren am Ufer verwischte. Ausnahmsweise war weit und breit niemand sonst – keine Seeigel, keine Herumtreiber. Außer am Anfang Wijetunga, Mister Salgados Assistent. Der Strand gehörte uns allein.

Wijetunga half mir, die Vorräte in der Küche auszupacken. Er hatte sich einen dichten Bart wachsen lassen. Sein Haar war länger, und er trug es tief auf der einen Seite gescheitelt, von wo aus die Strähnen raffiniert über den Schädel auf die andere Seite gekämmt waren. Diesmal war er eher aufgelegt, sich mit mir zu unterhalten. Sein kleiner Boy war nirgends zu sehen. Als ich nach dem *kolla* fragte, sagte Wijetunga, er habe ihn zur Schule geschickt. »Ein Kind muß eine Schulbildung haben, was soll sonst aus ihm werden? In diesem Land hier?« Während er sprach, atmete er freier, als ob etwas seine Nase und seine Kehle geklärt hätte.

Später kam Mister Salgado dazu und erkundigte sich nach seiner Arbeit. Wijetunga senkte beim Reden den Kopf. Er sagte, er müsse am Nachmittag für ein paar Tage weg. Er habe ein entsprechendes Gesuch nach Colombo geschickt. Er habe nicht gewußt, daß wir kämen. »O.K., O.K.«, winkte Mister Salgado ab. »Geht in Ordnung. Ich kann die Berichte nächste Woche einsehen. Komm in

Colombo ins Büro. Wir können uns dort in aller Ruhe unterhalten.« Mister Salgado war offensichtlich erleichtert.

Nachher fragte mich Wijetunga: »Warum kommt er nicht mehr so oft herüber? Wochenlang nicht einmal eine Mitteilung. Und dann steht er plötzlich da. Was ist mit ihm los?«

Ich erwähnte Miss Nili.

»Was ist das für eine Person?«

»*Nona* Nili«, sagte ich. »Sie leitet ein Touristenhotel in Colombo.

»Touristen?« Er schüttelte mißbilligend den Kopf. »Soll ich dir etwas sagen? Diese Leute glauben alle, daß Touristen unser Heil sind. Alles, was sie sehen, sind Taschen voller fremder Scheine. Flugzeugladungen voll. Begreifen sie denn nicht, was das zur Folge hat? Sie werden uns ruinieren! Sie werden uns alle zu Dienstboten machen. Verkaufen unsere Kinder ...« Er packte mich an der Schulter. »Glaub mir, Bruder, unser Land muß gesäubert werden, radikal. Es gibt keine Alternative. Um zu erschaffen, müssen wir zerstören. Kapiert? Wie das Meer. Es nutzt, was immer es zerstört, um etwas Besseres wachsen zu lassen.« Er ließ mich los und starrte auf den brodelnden, sich in Brechern und Strudeln überschlagenden Ozean hinaus: ein tiefblaues Aufbäumen, das die Sonne verschluckte. »Hast du von den Fünf Lehren gehört?« fragte er mich leise. Er meinte nicht die Schriften, die Gebote. Er meinte die vereinfachten Lehren, die die Krise des Kapitalismus erklären, die Geschichte eines gesellschaftlichen Umbruchs und die zukünftige Form einer srilankischen Revolution. »Weißt du, was in Kuba passiert ist?«

Ich sagte: »Ich bin doch bloß ein Koch.«

»Wir müssen uns länger unterhalten, Bruder, nächstes Mal.« Sein Bart öffnete sich einen Spaltbreit und ließ ein verletztes Lächeln durchsickern. »Du sagst ihm nichts, klar?

Noch nicht. Vorläufig kochst du, Bruder. Eines Tages jedoch« – er schloß einen Moment lang die Augen – »werden wir in der Lage sein, unser Leben selbst zu bestimmen.« Ich fragte mich, ob er jemals zu jemand anders so geredet hatte. Ich atmete tief ein, aber die Luft, die von der Copragrube am Rande des Areals herüberwehte, roch mit einem Mal faulig.

AN JENEM ABEND AM OZEAN kochte ich *pol-kiri-badun*-Curry, dazu *pittu* und ein Auberginengericht, meine ganz besondere Spezialität, doch Mister Salgado und Nili merkten kaum, wieviel Mühe ich mir gegeben hatte. Die glänzendviolette Haut war dekoriert mit grünen Tomaten und unserem süßen Gras aus Embilipitiya, doch an unserem ersten Abend am Meer ein Kompliment von ihnen zu erwarten war wohl zuviel verlangt: Sie waren unsäglich ineinander verliebt.

Nachdem sie zusammen gegessen hatten, gingen sie hinaus an den nächtlichen Strand. Ich stellte sie mir vor: den Mond in ihren Händen, die Finger ineinander verschlungen, wie sie in der Dunkelheit behutsam über grüne Schildkröteneier schreiten, die Sinne von Wind und Salz aufgepeitscht, in den Ohren das Dröhnen der Brandung und das Hämmern ihres Blutes; ihre schnäbelnden Zungen, die sich stumm gegenseitig suchen und ihre Körper mit zuckender Wärme erfüllen. Das Klatschen des Ozeans am abfallenden Ufer, der mit tausend Fingern nach ihren Knöcheln schnappt und den Sand unter ihren Füßen wegscharrt.

Mister Salgado war womöglich in der Lage, in einem solchen Moment den genauen Zeitpunkt von Ebbe und Flut und sämtlicher Sternensysteme am Firmament zu erklären: Wie das Licht des Mondes die Gezeiten lenkt und der Himmel sich in der Form unserer Köpfe widerspiegelt und sich jede erhabene Empfindung für immer in den Windungen eines hypothetischen Geistes festsetzt. Und wie sich alles im Einklang mit der Erde bewegte, der Erde tief in uns selbst: der einzigen *terra firma* in unserem unsteten Leben.

In meiner Kammer entdeckte ein Moskito mein Ohr und bohrte darin. Jedesmal, wenn ich nach ihm schlug, erhob sich ein triumphierendes Summen in meinem schmerzenden Kopf. Es durchbohrte meine Haut. Wenn man den Stich spürt, handelt es sich laut Mister Salgado nicht um die sich wieder ausbreitende Malaria, die die Biester einem für ein bißchen Blutsaugen einspritzen. Aber ich war nicht ganz überzeugt. Dann hörte ich Nili und Mister Salgado zum Bungalow zurückkehren und in ihr Schlafzimmer gehen. Eine Sandale – eine lederne *sereppu* – fiel auf den Beton und wurde schlitternd über den Fuß- boden gekickt. Dann erhob sich der Wind, und das ganze Haus knarrte und klapperte, und die Jalousien rüttelten. Das Tohuwabohu war nicht auszuhalten. Ich ging hinaus, um in das klare Dröhnen des Ozeans einzutauchen, es in meinen Ohren knäueln und über mir zusammenschlagen zu lassen wie die Wellen.

Als es am anderen Morgen hell wurde, lag das Meer wie ein Reismehlkuchen da. *Thosai*-flach. Ruhig. Da die bei- den noch eine Ewigkeit nicht aufstehen würden, beschloß ich, den ganzen Strand entlangzulaufen. Weiter vorn liefen die Fischerboote in die Bucht ein: schmale Nachen mit streichholzdünnen Gestalten, die heimwärts strebten.

Der nasse Sand umschmeichelte bei jedem Schritt meine nackten Füße, lutschte an der Sohle; die Wellen blubberten unter der Oberfläche, kleine Krabben rasten in ihre Sandlö- cher. Nach ungefähr einer Viertelmeile gelangte ich zu der Stelle, wo die Boote an Land gezogen wurden. Große schwarze Ausleger reihten sich auf dem trockenen Sand. Ein weiteres Boot kam eben herein. Drei Männer zogen es ans Ufer: Einer schob es aus dem Wasser, die zwei andern stemmten den Rücken gegen die gebogenen Ausleger, verankerten die Fersen im Sand und nutzten jede an den Strand klatschende Woge.

Ahey, ohoy, apa thenna,
ahey, ahoy thel dhala ...

Sie schoben bei jedem *aaahey-aaahoy*, und das Boot glitt eine Armlänge vorwärts. Als ich bei ihnen anlangte, war das Boot über den Buckel des gischtüberspülten Ufers auf den trockenen Sand gezogen. Einer der Männer stieg in den engen Bug des Bootes und begann, den Fang hinauszuwerfen. Ein großer blaugestreifter Fisch landete vor meinen Füßen.

»Was ist das für einer?« Ich hatte noch nie einen so farbig leuchtenden Fisch gesehen.

»Fisch!« lachte der Mann. Er saß rittlings auf dem Bootsrand, den Sarong zu einem Lendentuch geknotet.

Ich fragte ihn, wo er ihn gefangen habe.

Er hob den Arm und zeigte aufs Meer. »Dort draußen. Wir gehen bis zur Mündung der Bucht hinaus.« Mister Salgados blauem Abgrund.

»Guter Fang?«

»Letzte Nacht war nicht viel los dort draußen, bloß ein paar von diesen hier und eine Anzahl verirrter Makrelen.«

Die andern zwei kamen näher. Einer nahm seinen schmutzigen grünen Hut ab und kratzte sich am Kopf. »Wenn wir Glück haben, fangen wir hin und wieder einen Hai oder etwas Größeres. Aber um weiter hinausfahren zu können, über das Riff hinaus, und sicher zu sein, daß man rechtzeitig zurück ist, braucht man einen Johnson-Motor.«

128

»Manchmal sind wir die ganze Nacht auf dem Meer und fangen nichts. Nicht wie früher, als sie uns geradezu in die Hände flogen.«

Ich staunte. »Nichts?«

»In letzter Zeit sind Fische Mangelware geworden.«

»Warum?«

»Was erwartest du von einer solchen Regierung?« echoten sie lachend.

Die blaugestreifte Kreatur wand und wälzte sich und panierte sich beidseitig in gewürztem Sand. Ich fragte mich, wie lange es dauern würde, bis sie tot war. Bevor ich ihn zubereitete, würde ich den Fisch gut abspülen und ausnehmen müssen, ihn schuppen, ohne die Farben zu verletzen. Er war blau und verschwommen gelb gestreift. Das Maul war ein scharfer Schnabel aus dreieckigen Zangen.

»Wieviel?« fragte ich und deutete mit dem Kinn auf den Fisch. Nili würde beeindruckt sein.

Sie dachten sich wohl, ich sei ein echter Stadt-*mahatmaya*, denn als ich das Geld hervorholte, sagte einer der Männer, er würde den Fisch für mich ausnehmen. Ich hatte nicht einmal einen Geldbeutel mit, bloß ein paar Scheine in meiner Hemdtasche. Es schmeichelte mir, daß sie mich so einschätzten, es war den Aufpreis wert. Sie warfen die Eingeweide ins Meer zurück, wie um die Wellen zu füttern.

Ich ging meinen verwischten Spuren entlang denselben Weg zurück und überlegte die ganze Zeit, wie den Fisch zubereiten. Ich hatte keine Ahnung, wonach er schmeckte. Vielleicht war die Farbe keine Schutztarnung, sondern ein raffinierter Trick, um von seinem abscheulichen Geschmack abzulenken. Am wenigsten riskierte ich, wenn ich den Fisch dämpfte und jede Menge Limetten in die Sauce gab. Wenn ich ihn grillte, würde er seine zauberhaften Farben verlieren, und der ganze Überraschungseffekt wäre zerstört.

Als ich nach Hause kam, fand ich Nili zurückgelehnt neben einem Baum sitzend vor, wie sie mit ihrem Haar spielte, es mit den Fingern hochhob und in den Rücken fallen ließ. Sie lächelte mir verträumt zu. »Was für ein wunderbarer Ort, nicht wahr?«

Nach dem Frühstück setzte ich mich vors Haus und schaute aufs Meer hinaus. Ein Strandbungalow erfordert nicht viel tägliche Hausarbeit. Man kann machen, was man will: Der Sand dringt überall ein. Es waren sozusagen auch für mich Ferien.

Später kam sie in die Küche und schaute mir zu. Sie spähte über meine Schultern auf den gebratenen Reis. »Mh, das riecht gut.«

»*Temperadu*«, erklärte ich. Dann zeigte ich ihr den für die Dampfbarkasse vorbereiteten Fisch.

»Was für ungewöhnliche Farben!«

Ich konnte mir ein Lächeln nicht verkneifen.

»Hast du ihn vom Strand?«

»Von den Fischern«, erklärte ich.

Sie rief nach Mister Salgado: »Komm und schau, was Triton nach Hause gebracht hat.«

Er lief herbei. »Was?«

»Schau dir diesen blauen Fisch an.«

»Papageifisch«, sagte er. »Schmeckt ein bißchen ungewohnt. Korallenknacker. Wenn du nur mit zum Schnorcheln kämst. Ich könnte ihn dir zeigen.« Mir wurde ganz weich in den Knien. »Aber ein hübscher Bursche. Triton wird bestimmt dafür sorgen, daß er schmeckt.«

Ich saß eine Stunde lang auf glühenden Kohlen, bis sie fertig zu Mittag gegessen hatten. Um ein genießbares Resultat zu erzielen, hatte ich mit Chili-*sambol* zaubern und die Limettensauce süßen müssen und zu sämtlichen Fischkochgottheiten in den zahllosen winzigen Küchen des südlichen Chinas gebetet. Es hatte geklappt. Zum Glück!

Was für einen Geschmack das Fleisch gehabt haben mochte, die chinesische Sauce hatte ihn übertüncht. Als sie mit
Essen fertig waren, lächelte Nili immer noch, und Mister
Salgado kühlte sich selig mit einem Bier ab. Er schlief in
einem Sessel ein, während Nili ein Weilchen mit mir
plauderte.

Sie sagte, das Meer sei zu unruhig, um das Riff durch-
zukämmen, aber sie möchte am nächsten Morgen gern den
Fang sehen. Ich sagte, ich würde sie mitnehmen. Wir
brauchten nicht so früh hinzugehen wie ich heute, denn
der Fischer hatte mir vom Markt in der Stadt erzählt. Sie
könne ausschlafen, sagte ich, wenn sie wolle.

ALS WIR AM MORGEN auf den Markt gingen, brannte die
Sonne bereits. Der süßlich-klamme Gestank von frischem
Fischblut, Eingeweiden, Galle und Salzwasser schwappte
uns in der flimmernden Hitze auf der staubigen Straße zur
Begrüßung entgegen. Ich ging einen Schritt hinter Nili
her: Führer, Beschützer und Gefolge. »Hier, in diese Richtung.« Ich beugte mich zu ihr vor und zeigte den Weg. In
der grauen Zementhalle riefen und schrien die Händler ihre
Ware aus. Der dunkle, enge Eingang war mit subversiven
Slogans und Plakaten gepflastert, die das Land des Löwen
priesen. Ich führte sie in einen großen glitschigen Hof
unter freiem Himmel. Über stufenähnliche Bretter gelangte
man zu einer gedeckten, darum herum laufenden Arkade.
In der Mitte des offenen Hofes wurden die größeren Mee-
restiere geschlachtet. Wir wären beinahe auf einen riesigen
gesprenkelten Rochen getreten, der sich von dem glitschig
nassen Betonboden kaum abhob. Nili sah sein glasiges
Auge auf dem Boden und wich erschrocken zurück. Sie
zog mich am Arm, um mich daran zu hindern, auf ihn zu
treten. Der Kopf glich der riesigen Kapuze einer Schlange.

131

Am anderen Ende der Markthalle schrie jemand *»mora!«*; eine kleine Menschenmenge drängte sich darum herum. Die einen trugen Zeitungen und Schirme, andere kleine Fischpakete. Am Boden ein unwahrscheinliches Aufbäumen und Flossenklatschen; ich sah den feisten grauen Leib eines sich windenden Riffhais, auf den ein Fischhändler mit einem Hackbeil einhieb. Blut spritzte hoch. Die Kreatur krümmte sich und schlug um sich. Der Mann ließ die aufblitzende Axt wie einen Hammer immer und immer wieder niedersausen. Kurze, dumpfe Schläge und das funkensprühende Aufklirren der Klinge auf dem Beton neben den glänzenden Knopfaugen des Hais. Er war erst tot, als der Kopf ganz durchgetrennt war. Der Mann richtete sich mit dem lächelnden Zahnbogen in der Hand auf. Dickes, schwarzes Blut quoll stoßweise aus dem Rumpf und bildete eine Lache am Boden. Jemand schüttete einen Eimer Wasser darüber und spülte es in die Dole. Ich blickte Nili an. Sie hielt sich die Hand vor den Magen und war grau im Gesicht.

Wir gingen die Arkade entlang, und ich zeigte auf die sauber nebeneinander ausgelegten Fische auf den Holztischen. Ihre Augen waren wie Glasperlen, ihr Maul zu einem überraschten »Oh« aufgesperrt, als staunten sie darüber, daß sie aus dem Meer gezogen und mit dem Bauch nach oben in einem Mond aus warmer Luft ertränkt worden waren, bevor sie aufgeschlitzt und ausgenommen wurden.

»Fische, Krabben, Hummer?« fragte ich sie. »Was kaufen wir?«

Krabben und Langusten häuften sich in Körben, warteten darauf, in kochendes Wasser getaucht zu werden. Ich glaubte früher, daß diese Panzerköpfe ihre Mörder verhexen, wenn die Luft aus ihren krustigen Gelenken zischt, doch sie spüren nichts, und wenn man nicht höllisch aufpaßt, brechen sie einem den Finger wie nichts. Nili war fasziniert. »Die hier«, sagte sie und zeigte auf die Langusten. Ich kaufte drei, ihre Zangen waren mit Kokospalmwedeln gefesselt. Ich glaube nicht, daß sie jemals zuvor auf einem Fischmarkt gewesen war. Zumindest nicht auf einem so kruden wie diesem. Ich nehme an, sie hatte nie einen Grund dazu gehabt.

In der Halle lief eine aufgeregte Menge zusammen.

»Was ist los?« fragte Nili.

»Jemand hat einen Delphin gefangen«, sagte der Krabbenverkäufer.

»Sie haben einen Delphin gefangen?«

»Ja, sie werden ihn gleich töten. Ein gutes Geschäft. Hat einer einen Glückstag gehabt.«

»Gehen wir«, sagte Nili und zog mich am Arm. »Ich will nach Hause.«

»Das kommt vor«, sagte ich, »müssen schließlich von etwas leben.«

»Töten ...«, murmelte sie kopfschüttelnd vor sich hin. »Warum ausgerechnet Delphine? Und was kommt als nächstes dran?«

Draußen belud ein Mann einen unbeschrifteten Lieferwagen mit Körben voller toter Fische. Kleine Brocken gebleichter Korallen markierten die Parkplätze der Stadtverwaltung.

KURZE ZEIT SPÄTER, als wir wieder in der Stadt zurück waren, gab Nili ihren Job auf. Sie sagte, es sei Zeit, sich mit dem Gedanken an ein eigenes Hotel zu befassen. Statt dessen verbrachten sie und Mister Salgado die ganze Zeit in seinem – nun ihrem – Zimmer, besuchten Freunde, Nachtlokale, sogar Restaurants, um von anderen zubereitete Gerichte zu essen. Mister Salgados Küstenprojekt überschritt den Höhepunkt; er hätte seine Schlußfolgerungen in einem dicken Bericht zusammenfassen müssen, anstatt zu analysieren und zu redigieren und das Ganze vor sich hinzuschieben. Von Zeit zu Zeit bat er Wijetunga, mehr Daten zu liefern, doch er befaßte sich nie näher mit den Resultaten. Hin und wieder brachte er einen Stoß Papier nach Hause und ging in sein Arbeitszimmer. Doch dann mußte er »Luft schnappen« und ließ sich ablenken. Auf der Veranda sah er sie und vergaß, an seinen Schreibtisch zurückzukehren. Sie weckte den Salonlöwen in ihm und verschleierte den Gelehrten. Es war keine Absicht von ihrer Seite, sondern einfach ein Wunsch in ihm.

Währenddes beschwörten die Politiker die irrigen Visionen alter Könige herauf und lösten ein landesweites Interesse für die Binnenseen aus. Alle unsere in London oder Neuengland ausgebildeten Ingenieure entdeckten plötzlich die großen Vorteile der wiederaufgewerteten traditionellen Bewässerungsmethoden. Doch all ihre Machenschaften glitten an Mister Salgado ab. Nichts von alledem kümmerte ihn damals.

Abends, wenn ich meine Hausmannskost auftrug, plauderten sie manchmal über das *Blue Lagoon* oder das *Pink Barracuda*, wo sie unbedingt hingehen mußten; oder wann sie dort oder sonstwo jemand oder sonstwer treffen sollten. Ich hörte während eines solchen Gesprächs, daß von überbackenen Krabben die Rede war. Nili schwärmte von der Paniermehlkruste und der Krabbenfleisch-und-Käse-Mischung darunter – der Spezialität irgendeines *nouveau*-Chefs, der die neue Hotelfachschule besucht hatte. Nur daran konnte es nicht liegen: Ich hätte gern mehr Einzelheiten erfahren, doch Mister Salgado sagte bloß: »Triton kann das ebensogut.«

»Er weiß doch nicht, wie …«

Ich traute meinen Ohren nicht: Wie konnte sie nur so

etwas sagen? Hatte ich bis dahin denn nicht meine Vielsei-
tigkeit unter Beweis gestellt, die unversiegbare Palette
meines Könnens, daß sie mir so wenig zutraute? Doch sie
war so entschieden der Ansicht, daß überbackene Krabben
meine Fähigkeiten überstiegen, daß ich mich verzweifelt
fragte, ob sie mir jemals eine Chance geben würde, mich
zu bewähren. Ich konnte es einfach nicht begreifen. Ich
wünschte mir, mein Innerstes nach außen kehren zu können und ganz von vorn zu beginnen. Ich wünschte mir,
mehr über die Menschen zu wissen – über Frauen wie sie.

»Die ganze Krabbe backen?« fragte ich.

»Nur die Schale.« Mister Salgado schaute sie an. »Die
Schale, gefüllt mit dem Fleisch aus den Zangen und den
Beinen. Man nimmt alles heraus, vermischt es und füllt
sie.«

»Füllt sie?«

Nili wölbte die eine Hand und fingerte mit der anderen
darin herum. »Ja, Triton, füllst sie, mit Zwiebel und Peter-
silie und Cheddarkäse, ja? Füllst sie.«

»Eine Krabbe also«, sagte ich, dachte dabei bereits an
einen halben Teelöffel schwarzen Pfeffer, eine Prise gemah-
lenen Zimt und gehackten frischen Koriander. Zitrone und
ein Spritzer Brandy aus der Flasche, die Mister Salgado zu
Weihnachten von Professor Dunstable bekommen hatte,
würden dem Ganzen das gewisse Etwas verleihen, und –
ich war überzeugt – es würde besser schmecken als alles,
was sie jemals in einem ihrer spießigen Hotelrestaurants
gegessen hatten.

»Alles klar«, sagte ich. »Kein Problem. Morgen?« In der
Füllung würde ich in frischgepreßtes Kokosöl eingelegten
grünen Chili samt Samen verstecken.

Sie schaute mich freundlich lächelnd an. »Nicht morgen,
Triton. Wir gehen morgen abend zu einer Party. Wir essen
auswärts.«

Ich zuckte die Achsel. »Jederzeit, bloß sagen, bitte.«

Sie gingen zu so vielen Partys, daß ich sie schon gar nicht mehr zählen konnte. Doch diese Party, stellte sich heraus, war ein ganz besonderer Anlaß: die Einweihung des Zeitalters des Mahaweli-Projekts. Ein riesiger Sprung vorwärts in der Binnenlandbewässerung, wie man ihn seit tausend Jahren nicht mehr erlebt hatte. Die Umleitung des größten Flusses des Landes. Am nächsten Tag bereiteten sich die beiden anscheinend den ganzen Nachmittag für den Abend vor.

»Es werden alle dasein!« sagte er zu ihr. Es war das größte Fest, seit die Regierung öffentliche Anlässe auf zweihundert Gäste beschränkt hatte – unsere einschneidendste Sparmaßnahme.

»Ich weiß. Dieser vielzitierte Minister ist Ehrengast, nicht wahr? Darum soviel Aufhebens. Was soll ich anziehen? Was möchtest du, daß ich anziehe?«

»Ich weiß nicht.« Er schaute bekümmert drein. Ich nehme an, er war nicht besonders erpicht auf das Fest.

»Das aus Benaresseide? Das violette?« Violett war nicht ihre Farbe. Das hätte ich ihr gleich sagen können. Und die paar Male, die ich sie in indischer Seide gesehen hatte, war sie mir vorgekommen wie eine Schaufensterpuppe. Viel zu pompös für ihre grazile Figur.

Er blieb stumm.

»Bist du sicher, daß ich eingeladen bin?«

»Ja, Liebling, ja doch.«

»Was haben sie gesagt?«

»Sie haben gesagt, daß du eingeladen bist.«

»Ich? Bist du sicher? Oder sind nur Ehefrauen gemeint?«

Er betrachtete seine Schuhe. Der linke war an der Stelle gerissen, wo die Sohle aufgenäht war. »Sie haben gesagt, ich soll dich mitbringen.«

»Du denkst, das schickt sich nicht, nicht wahr? Das sei

ein weiterer Beweis deiner ausschweifenden Lebensweise. Oh, ich weiß, ich habe keine Ahnenreihe vorzuweisen. Nicht gut genug, wenn's drauf ankommt, nicht wahr? Meinst du nicht, daß ihnen ein bißchen Persönlichkeit ...«

»Hör mir gut zu: Ich will, daß du mitkommst. Zieh irgend etwas an. Violett steht dir gut. Oder das andere. Irgend etwas. Ich muß mir ein paar neue Schuhe kaufen gehen.«

Während er die Geschäfte abklopfte, machte ich mich ans Bügeln. Ich mußte sämtliche Kleider aufbügeln; sie hatte wohl alle, Stück um Stück, vor dem langen Schwenkspiegel im Schlafzimmer probiert. Zwischendurch hörte ich ihn leise ächzen, wenn sich der Bolzen in seinem hölzernen Lager drehte. Er fing das Licht von draußen auf, und wenn sie ihn in die richtige Neigung brachte, konnte sie sich von Kopf bis Fuß begutachten. Von fünf Uhr nachmittags an legte ich ungefähr alle fünf Minuten die gebügelten Kleider auf den Tisch im Flur vor ihrer Tür. Sie mußte schweißüberströmt sein vor lauter An- und Ausziehen. Im Schlafzimmer war es am Nachmittag heiß, weil die Sonne direkt hineinschien. Die Fenster vermochten zwar die kühle Brise einzufangen, doch sie hatte sie geschlossen, damit die neuen Batikvorhänge sich nicht blähten und ihren Körper den neugierigen Augen unserer Haussperlinge und dem schielenden Blick der Stare preisgaben.

Schließlich klopfte ich an die Tür und fragte, ob sie eine Tasse Tee möchte.

»Ja«, zischte sie, während sie sich hinter der undurchdringlichen Tür in ein weiteres enganliegendes, mit der Haut verschmelzendes Kleidungsstück zwängte.

Als ich etwas später den Tee brachte, machte sie mir die Tür auf. Sie trug Mister Salgados roten Morgenmantel. Ihr Gesicht glänzte, als habe sie gebadet, sich aber noch nicht abgetrocknet, obwohl ich weder das Bad einlaufen noch die Dusche gehört hatte. Sie war leicht außer Atem, ihre Nase war von der stickigen Luft geschwollen. Sie lächelte mir zu, und dabei weiteten sich ihre Nasenflügel noch mehr. Die Feuchtigkeit stieg aus ihrem Körper auf und drang in großen schimmernden Tropfen durch ihre Haut.

»Genau, was ich brauche«, sagte sie, als sie mir die Tasse aus der Hand nahm. Überall im Zimmer lagen kleine, bunte Kleiderkleckser herum. Das Bett und der Sessel hinter ihr waren mit Seide besetzt. Ein Hauch schwarzer Spitze lugte unter dem Ausschnitt des Morgenmantels hervor. Ihr Schweiß roch süß, reif.

»Soll ich sonst noch etwas bringen?« fragte ich.

Sie lachte. »Nein, ich trinke meinen Tee und mache mich dann fertig. Lächerlich, das ganze Theater.«

Mister Salgado kam etwas später mit seinen in Zeitungspapier gewickelten neuen Schuhen zurück. Er ging zu ihr ins Schlafzimmer, kam nach einer Weile stirnrunzelnd wieder heraus und bat mich, seine Kleider im anderen Zimmer bereitzulegen, seinem Ankleidezimmer.

Als sie endlich wegfuhren an jenem Abend, sahen sie aus wie Scott und Zelda, wie das Traumpaar selbst: Nili in Türkis mit riesigen baumelnden Silberohrringen. Mister Salgado in der blaßgrauen Landestunika über einer dunklen Hose und seinen neuen schwarzen Schuhen.

Als Mister Salgados Wagen die Auffahrt hinuntertuckerte und in unsere dunkle Straße einbog, war mir in meinem Innersten, als ob alles davonglitt, außer Reichweite, in irgendeine andere Welt.

SIE HATTEN NICHT GESAGT, wo das Fest stattfand, doch ich stellte mir Mister Salgado und Nili auf einer Terrasse am Meer vor, hüftewackelnd Cha-Cha-Cha oder *kukul-ka-*

kul tanzend; das wie auf unseren alten Schallplatten spielen-
de Orchester; einen auf der Bühne sitzenden weiß-braunen
Hund, der in einen Messingtrichter blickt; die ans Ufer
klatschenden Wellen. Das Knirschen von Mister Salgados
zermahlenem Korallensand und ihre Füße, die komplizierte
Muster auf dem glatten Fliesenboden zeichnen. Zwischen
den Kokosnußpalmen funkelten Lichtergirlanden wie
Sterne, und Kellner servierten auf silbernen Tabletts so
groß wie der Mond Hummerschwänze, Königsgarnelen
und *devilled eggs*. Ich fragte mich zum ersten Mal, wie es
gewesen wäre, wenn ich von Anfang an in einem Restaurant gearbeitet oder eine Hotelfachschule besucht hätte, wie
er es einmal vorgeschlagen hatte. Im Zentrum des Gesche-
hens zu sein, anstatt es mir immer nur vorstellen zu
müssen. In einem Restaurant zu arbeiten oder in einem
Hotel, sagte ich mir damals in meiner Unschuld, hatte
wahrscheinlich mehr Zukunft als in einem Privathaus.
Doch man muß die Dinge nehmen, wie sie kommen.
Vielleicht war es besser, auf unserer Verandatreppe sitzen
zu können und sich die Königsgarnelen vorzustellen, die
ich für glitzerschmuckbehängte Ladys mit braunrot geschminkten Lippen flambierte, als dabeizusein und sich die
bloßen Füße von ihren Bleistiftabsätzen durchbohren zu
lassen, die ganze Nacht herumkommandiert und herumge-
hetzt zu werden, ohne einen Moment Zeit zu haben, um
darüber nachzudenken, was zum Teufel das alles soll. Es ist
schwierig genug, überhaupt nachzudenken, wo auch
immer. Der Garten war voller Schatten, und die gräßlichen
Köter in Nummer zehn bellten. Doch was, wenn Nili ein
Restaurant übernahm und mir die Küche anvertraute ...?
   Mitternacht war bereits vorbei, als sie endlich nach
Hause kamen. Sie saß am Steuer. Der blaue Alfa fuhr die
Auffahrt hinauf und kam knapp unter dem Vordach zum
Stehen. Sie löschte die Scheinwerfer, stellte dann den

Motor ab. Sie stieg zuerst aus, ging um den Wagen herum und machte ihm die Tür auf.

»Komm, wir sind zu Hause.«

»Bist du gefahren?« Es klang verschlafen und erstaunt.

»Wer denn sonst?«

»Was ist mit dem Fahrer?«

»*How long has this been going on ...?*« summte sie leise.

»Besser, wir haben keinen Fahrer, weißt du?« Er zeigte fuchtelnd mit dem Finger auf sie. »Hast du gehört, was Bala zugestoßen ist?«

»Komm, gehen wir hinein.«

»Bala ging zu seinem Wagen, und der Kerl, sein verdammter Fahrer, zückte das Messer. Warum, kannst du mir sagen, warum? Er hat ihn verletzt. Er ist ihm an die Kehle gegangen. Ein höllischer Kampf. Warum, zum Teufel, hat der verdammte Kerl ihn angegriffen?«

»Ich weiß es nicht, gehen wir. Komm schon.« Sie zog ihn am Arm und wäre beinahe über ihre eigenen Füße gestolpert. »Komm schon, wollten wir nicht noch ... vor dem Einschlafen?«

Er hievte sich mühsam aus dem Wagen und klammerte sich schwankend an sie. Ich ließ mich nicht blicken, obwohl beide sehr unsicher auf den Beinen waren. Ich blieb in der Dunkelheit sitzen. »Bala hat sich einen Bart wachsen lassen seither. Hat einen Höllenschreck vor dem Rasieren. Schaut aus wie dieser Che Guevara.« Sie gingen zum Schlafzimmer hinüber. »Dieser Wijetunga am Strand unten hat sich auch einen wachsen lassen. Hast du es bemerkt? Verdammte Bärte überall.« Ich hörte ihn aufs Bett plumpsen und Miss Nili leise fluchen. Etwas später streckte sie den Kopf zur Tür heraus.

»Missy?«

»Bring mir etwas Wasser, Triton.«

Ich brachte ihr ein Glas filtriertes kaltes Wasser. Als ich

140

in meine Küche zurückkehrte, hörte ich sie im Wohnzimmer eine Schallplatte auflegen. Musik pulsierte durch das Haus. Als die Melodie zu Ende war, machte jemand im Haus nebenan die Lichter aus. Der Garten war jetzt noch dunkler, die Musik schwüler. Ich hätte gerne gewußt, was sich tat.

Ich holte ein paar gelbe Handtücher aus dem Wäscheschrank. Das Grammophon wechselte klickend die Platte. Ein Lied von einem großen Messingbett. Ich spähte ins Schlafzimmer. Mister Salgado schnarchte leise auf dem Bett. Er hatte seine Tunika ausgezogen und seine Hose aufgeknöpft, doch er hatte immer noch die Schuhe an; die Schnürsenkel hingen lose herunter. Das Nachttischlämpchen brannte. Miss Nili war nirgends zu sehen. Ich ging zum Badezimmer und machte leise die Tür auf. Sie stand neben der Badewanne, ein Bein hochgehoben, den Fuß auf den Badewannenrand gestellt; sie tupfte sich mit einem kleinen rosa Waschlappen ab. Ihre Kleider lagen auf einem Stuhl. Sie war nackt. Sie neigte den Kopf auf die Seite und strich ihr Haar hinters Ohr. Ich konnte ihre Brustwarzen sehen; ihre Brüste waren wie zwei kleine fahle Monde. Ich konnte ihre Rippen sehen, ihren kleinen runden Bauch. Grübchen. Sie schaute auf, und ich spürte, daß ich nahe am Platzen war. Ich warf die Tücher auf den Korb neben der Tür und rannte in mein Zimmer.

Meine Brust schmerzte. Sie hatte kein Wort gesagt. Obwohl sie mich gesehen haben mußte, wie ich dort stand und sie anstarrte, hatte sie kein Wort gesagt. Das Blut dröhnte in meinen Ohren. Ich hörte nichts mehr um mich herum.

Ich wartete. Ich weiß nicht, was ich mir vorstellte, was geschehen würde. Es blieb mir nichts anderes übrig, als in meinem Zimmer zu warten. Hin und wieder hörte ich Geräusche, als ob sich jemand näherte. Nach einer Weile wußte ich nicht mehr genau, was eigentlich passiert war. Ich versuchte im Geist, jeden meiner Schritte zurückzuverfolgen, doch es gelang mir nicht. Ich sah immer noch ihren nackten Körper deutlich vor mir. Es war, als sei er neben mir. Ganz nahe. Immer näher.

EINES MORGENS FUHR ROBERT, unser Weihnachtsgast, mit einer unbekannten Frau im Taxi vor. Er trug kurze Hosen und eine Sonnenbrille.

Ich machte das Tor auf. Er fragte nach Mister Salgado. Ich sagte, er sei zum Joggen an den Strand gegangen. »O.K., wir warten«, sagte Robert höflich grinsend. Ich setzte sie auf die vordere Veranda, und die Frau begann auf ihn einzureden. Er drehte den Kopf hin und her wie ein Vogel, als mustere er eine unbekannte Welt. Miss Nili, die noch nicht angezogen war, hörte die Stimmen und rief nach mir. Sie fragte, wer gekommen sei. Ich sagte, es sei der amerikanische Gentleman aus der Weihnachtszeit. Er schaue aus wie ein Filmstar, fügte ich hinzu.

»Amerikanischer Filmstar?«

Ich nickte. »Und er hat eine Dame mit, die ich noch nie gesehen habe.«

»Oh, wirklich?« Sie ging hinaus mit nur ihrem schwarzweißen Kimono an, ihre eben enthaarten Beine glänzten. »Missy«, sagte ich, doch sie achtete nicht darauf.

»Hello«, begrüßte sie, lässig an den Türrahmen gelehnt, die Ankömmlinge.

Die Frau schaute auf und lächelte nervös. Robert sprang von seinem Sessel auf. »Hello«, sagte er. »Wir hofften, Ranjan anzutreffen.«

»Warum? Er hat Sie nicht erwartet.«

»Und ich habe Sie nicht hier erwartet.«

»Nun, Sie wollen offenbar nur mit ihm sprechen?«

»Ein paar Nachforschungen, das ist alles. Wenn ich gewußt hätte, daß Sie hier sind ...«

»Was für Nachforschungen?«

Robert grinste und nickte seiner Begleiterin zu. »Sujie möchte ihn sehr gern kennenlernen. Ich habe ihr erzählt, er sei der einzige, der wirklich Bescheid weiß über die Südküste. Eine Koryphäe.«

»Ach ja?« Nili umschlang sich selbst, streichelte mit den Händen ihre runden, nackten Schultern.

»Sujie ist Journalistin. Sie möchte einen Bericht schreiben.«

Die Frau nickte, wandte aber den Blick nicht von Miss Nili ab.

Sie zuckte die Achseln. »Setzen Sie sich, setzen Sie sich doch. Triton bringt gleich Tee.«

»Haben Sie Limettensaft? Oder vielleicht ein Bier? Etwas Kühles wäre genau das richtige.« Robert setzte sich bequem in den Sessel. Die Muskeln seiner stämmigen, fleischigen Beine wirkten wie zusammengerollte, flachgepreßte Schlangen unter der Haut, und seine Zehen sahen aus, als hätte er sie auf einer Betonstraße flachgetreten; das Fleisch bildete Pölsterchen um die kurzen Nägel. Er stützte beim Sitzen die Fußspitzen auf dem Fußboden auf.

Ich hatte nur noch eine Limette übrig in der Küche; zum Glück stand zuhinterst im Kühlschrank noch eine alte Flasche Limonade. Mister Salgado hatte sie aufgemacht, um irgendeinen neuen Cocktail zu mixen, von dem er gelesen hatte. Sie war schal, aber kalt. Ich tat etwas Eis ins Glas und brachte es mit dem Tee für die anderen zwei hinein. Miss Nili hatte sich zu ihnen gesetzt und hörte Roberts Geplapper über die Lebensbedingungen auf dem Land und über die bevorstehenden allgemeinen Wahlen zu.

Ich stellte das angelaufene Glas auf den Tisch neben seinem Sessel. Er schaute mich nicht an, er war ganz in die

Geschichte vertieft, die er Nili eben verfütterte. Sie hörte ihm nur halb zu; sie betrachtete aufmerksam die Frau ihr gegenüber, die Journalistin, die sich nicht fassen konnte vor Staunen über meinen fachmännisch zubereiteten Hochland-tee, den wir direkt von der Plantage von Mister Salgados Cousin bezogen. Sie starrte die Tasse an, als hätte sie noch nie zuvor Tee gesehen. Ihr glattes schwarzes Haar fiel ihr in die Stirn und beschattete ihre glänzenden Hundeaugen, doch sie schob es nicht zurück; sie hatte den Kopf zwi-schen ihre molligen Schultern eingezogen und umklam-merte die Tasse mit beiden Händen. Vielleicht war das der Trick eines echten Reporters, um zum Kern einer Ge-schichte vorzudringen. Ich stellte fest, daß sie ein Notizheft mithatte − ein blaues Schulheft −, das mit einem daran gehefteten Kugelschreiber zusammengerollt in ihrer Hand-tasche steckte. Was notierte sie darin? Wann? Und wie wurde es in Schlagzeilen verwandelt?

»Sie sind Reporterin?« fragte Miss Nili sie, als Robert eine Atempause einlegte.

Die Frau schaute überrascht auf. »Ja, eigentlich nein, Journalistin vielmehr. Ich schreibe Leitartikel.« Sie nannte den Namen eines Wochenmagazins. Nilis Mundwinkel verzogen sich zu einem höflichen Lächeln. Sie musterte sie ausgiebig.

Robert klirrte mit seinem Eis: »Ein großes Haus. Wirk-lich sehr schön.«

»Was für Leitartikel schreiben Sie?« Nili ignorierte Ro-bert.

»Nun, wie soll ich Ihnen das erklären ... Robert hat gesagt, ich solle ein paar Leute treffen, die über die Küsten-gegend Bescheid wissen, und man hat uns gesagt, wir sollten unbedingt mit Ranjan Salgado reden. Also sind wir hergekommen. Ich verlasse mich ganz auf Robert, nicht wahr?« Sie wandte sich hilfesuchend Robert zu, doch der hatte kurz die Augen geschlossen. Er hielt den Kopf steif nach hinten gelehnt. In seinem Bart waren zwei kleine kahle Flecken, genau über dem Hals, als sei er gebissen worden.

»Ach so, ja.«

Er öffnete die Augen und richtete den Blick auf Nili. »Nun, es tut sich hier eine ganze Menge, von dem niemand viel Ahnung hat. Ich glaube, man kann durch die Beobachtung des Verhaltens der Menschen in diesem außergewöhnlichen, meiner Ansicht nach äußerst erotischen Land …« Er grinste wieder.

»Sind Sie deswegen hergekommen?«

»Aber sicher.«

»Wie schön für Sie.«

»Haben Sie die Tänze der Küstenregion gesehen zum Beispiel? Unwahrscheinlich. So ungehemmt. Absolut natürlich.«

Dann hupte Mister Salgado am Tor, und ich lief ihm aufmachen. »Besuch, Sir«, sagte ich. »*Mahatmaya* Robert und eine Dame von der Zeitung.«

»Wer?« Er schaute mich argwöhnisch an.

»Sie wollen mit Ihnen sprechen, Sir. Über das Meer.«

Er steuerte den Wagen unter das Vordach.

Als Mister Salgado die Stufen hinaufkam, sprang Robert wieder auf die Füße. »Hübsche Karre«, sagte er. Die Tasse seiner Gefährtin klirrte auf dem Unterteller, etwas Tee schwappte über. Sie sagte leise »Sorry, sorry« zu der Tasse.

Mister Salgado warf Nili in ihrem Kimono einen mißbilligenden Blick zu; sie zupfte den Ausschnitt zurecht und sagte: »Robert hat eine Freundin mitgebracht, die sich mit dir unterhalten möchte.«

Die Journalistendame streckte ihm die Hand entgegen. »Schon viel von Ihnen gehört, freut mich, Sie kennenzulernen.«

»Oh, tatsächlich?«

»Ja, wir möchten uns mit Ihnen über die Südküste unterhalten. Wie Sie die Entwicklung sehen. Ich wäre Ihnen sehr dankbar, etwas aus der Sicht eines Fachmanns zu erfahren. Eine echte Hilfe.«

»Was genau möchten Sie wissen?«

Sie schob das Haar aus der Stirn und schaute zu Robert hinüber. »Nun, in ein paar Worten, in einer Nußschale zusammengefaßt gewissermaßen, was für Auswirkungen die Meereserosion auf die Lebensbedingungen in den Küstendörfern haben wird.«

Robert lehnte sich vor: »Sie behaupten, daß der Meeresspiegel ansteigt, nicht wahr?«

Miss Nili stand auf. »Ich überlasse euch eurem erotischen Meer«, sagte sie und verschwand im Haus.

Mister Salgado schaute ihr nach. Sie war barfuß. »Wie bitte?«

Robert schaute ihr ebenfalls nach. »Erosion. Meereserosion«, wiederholte er hastig. »Sie behaupten, daß das Meer an der Südküste die Strände überfluten wird. Wir möchten wissen, ob das bereits der Fall ist. Um wieviel? Hat es die Lebensbedingungen in den anliegenden Dörfern bereits verändert?«

Mister Salgado runzelte die Stirn. Etwas in seinem Schädel sog an seinem Gesicht. Sog es ganz ein. Die anderen zwei saßen da und warteten. Dann seufzte er. »Sehen Sie, wir arbeiten an einem einfachen Projekt. Meine Kollegen haben ein paar Berichte darüber geschrieben; über das Gleichgewicht zwischen Wasser und den Auswirkungen menschlichen Unrats und dem Überleben der Korallentiere. Sie sollten sie lesen. Wir haben kein Dorf und keine Menschen unter ein Mikroskop gelegt. Ich bin sicher, daß sich die Lebensbedingungen geändert haben. Vielleicht, weil das Meer steigt. Aber vielleicht auch, weil Armstrong den Fuß auf den Mond gesetzt hat. Oder weil in Brasilien jemand die perfekte Plastiktüte erfunden hat. Oder vielleicht auch weil ein paar Lumumba-Revolutionäre über den Fischpreis debattieren. Ich weiß es nicht. Was ist es, was das Leben eines einzelnen verändert? Sonnenflecken?« Er blickte Robert an.

»O. K., O. K. Eine ganze Menge Dinge. *Yeah*, ich verstehe. Eine ganze Menge Dinge verändern sich. Doch wir haben uns gedacht, daß Sie vielleicht ein Element herausgreifen könnten. Nur gerade eines.«

»Sie brauchen bloß ins Ministerium zu gehen. Die Kerle dort behaupten, alles zu wissen. Die können Ihnen bestimmt weiterhelfen. Nicht ich. Nicht wir.« Mister Salgado war aufgebracht. Das machte ihn widerborstig. Ich hatte schnell einmal gelernt, ihm aus dem Weg zu gehen, wenn er aufgebracht war oder sonst schlecht gelaunt. Man konnte unmöglich wissen, was ihm gegen den Strich ging. Schließlich würde sich seine Laune wieder legen; er kämpfte sich sozusagen durch. Nach einem guten Essen, einem Glas Bier nahm das Leben wieder seinen gewohnten Lauf. Doch es braucht Zeit, Jahre, um zu lernen, wie die Menschen mit sich selbst fertig werden, wie sie die Veränderungen verkraften, die unvermeidlichen Veränderungen um sie herum.

FÜR MISS NILIS FREUNDESCLIQUE waren sie und Mister Salgado das mutige Beispiel eines wirklich modernen Paares: verliebt, unabhängig und sorglos. Sie waren *cool*. Hedonistischer als der jüngste Zeffirelli-Film: *Romeo und Julia*. Ein aufregender Kontrast zu der Verzagtheit einer Nation, die mit den Dilemmas einer unwirtschaftlichen Entwicklung kämpfte. Wir knüpften ein Netz aus Bewunderern, Neidern und Schmarotzern, anstatt einer erweiterten Familie. Sie verlangten nach meiner Küche. Anstatt für zwei zu kochen, kochte ich bald für ein halbes Dutzend. Sie kamen in Scharen, waren gierig nach unserem Essen, begierig zu sehen, wie lange die Romanze dauern würde. Keiner von ihnen, weder Danton Chidambaram, der Rechtsanwalt, noch Vina, die eine Batikboutique eröffnet hatte, noch ihr Freund Adonis mit seinem fluoreszierenden Motorrad, noch Sarina, die Model werden wollte, noch Jay, noch Gomes, noch Susil Gunawardene revanchierten sich jemals. Keiner von ihnen brachte jemals etwas mit – ausgenommen der gute alte Dias, der sein Leben gegeben hätte, wenn es verlangt worden wäre. Sie platzten ständig zu dritt oder zu viert herein, und gegen Ende der Woche – *poya* oder nicht *poya* – überfielen sie uns rudelweise. Mister Salgado sagte nie etwas und lernte, sie – ihre zahllosen Freunde! – mit einem kalten Bier und einem nachsichtigen Lächeln willkommen zu heißen. Er lernte, sich über ihre überschwengliche Bewunderung zu freuen, selbst wenn alle diese Mondänitäten die Zeit zu verschleißen drohten, die er und Nili füreinander hatten. Dann, im April jenes Jahres, wurde Palitha Aluthgoda ermordet.

Er stand einem der größten privaten Unternehmen der Insel vor. Er besaß eine große Villa in der Gegend des Friedhofs. Ich hatte ihn nie persönlich gesehen, doch jedermann kannte ihn. Palitha Aluthgoda hatte ein märchenhaftes Leben geführt. Er stammte aus Nugegoda und hatte ganz von unten angefangen, als einfacher Mechaniker in einer Autowerkstatt in der Nähe der Augenklinik. Aber er war clever. Er manövrierte sich seinen Weg ins Transportgewerbe und gründete schließlich dank einem Onkel in der Regierungsparteieineneinträglichen Import-Export-Handel und machte Geld wie Heu. Er wurde zum extravagantesten Millionär des Landes. Er besaß alles, zu einer Zeit, wo die meisten Menschen nichts besaßen. An jenem sonnigen Tag, als er seinen weißen Mercedes an der Dehiwela-Brücke anhielt und einen Eisverkäufer herbeiwinkte, weil sein neues Flittchen nach einem Eis-*palam* verlangte, zückte der Eisverkäufer eine Schußwaffe und erschoß ihn. Zwei Neunmillimeterkugeln explodierten in seinen Augen, rissen seinen Schädel auseinander; sein Gesicht wurde weggepustet. Die Menschen liefen schreiend durcheinander, überall auf der Straße lagen in der Sonne schmelzende Eislolls und Eis-*palams* herum. Der Mörder sauste auf seinem Fahrrad davon. Die Nachricht verbreitete sich in Windeseile. Niemand hätte geglaubt, das so etwas passieren könnte. Das waren noch Zeiten. Die Menschen waren zutiefst erschüttert. Ein monumentaler Tod: Sämtliche Zeitungen widmeten ihm die Titelseite. Und die Nachricht vom Mord, die Gerüchte um Liebesnester, Eifersucht, kommunistische Komplotte, Geisterbeschwörung, sinkende Dividenden und mysteriöse kosmische Gerechtigkeit schwärmten übers ganze Land und gelangten summend bis in unser Haus, wo die übliche Clique beieinandersaß.

Dias kam mit einer Handvoll in einer Zeitung eingerollten Geschichten gelaufen. »Leute, habt ihr das Neuste gehört? Was sagt ihr dazu? Aluthgoda erschossen, mit einer Maschinenpistole.«

»Was, Mann? Was hast du gesagt?«

»Es mußte so kommen. Man kann die Leute nicht hereinlegen, wie er es getan hat, ohne selbst eines Tages hereingelegt zu werden.«

Danton Chidambarams Schnurrbart zwirbelte entzückt über die Eleganz seiner Analyse.

Doch Jay – obwohl noch jung, schon kahl –, der oft von menschlicher Brüderlichkeit redete, widersprach ihm: »Hat nichts mit seinen dubiosen Finanzgeschäften zu tun. Ich will dir sagen, was es war: sein verdammter großkotziger Lebensstil. Mit Geld um sich werfen, Mann, ohne sich Gedanken um das Morgen zu machen, als gehe das niemand etwas an. Leben wie ein Fürst, was? Während wir andern den Gürtel enger schnallen müssen ...«

»Krankhafte Geltungssucht«, flüsterte jemand.

Vina hob ihre blauschattierten Augen zum Himmel. »Ich habe es gewußt, daß er früher oder später würde dran glauben müssen. Ich habe es gewußt. Seit dem Tag seiner Geburt war ihm eine Kugel auf den Lebensweg gelegt. Seine dämliche Alte ist schon hundertmal in den Laden gekommen, hat jedoch nie etwas gekauft. Immer nur Oh und Ah, hat alles aus den Regalen gezerrt, aber jedesmal eine Ausrede gehabt, entweder war es die Farbe, und wenn es nicht die falsche Farbe war, hat sie sonst etwas zu mekkern gehabt. Ich weiß wirklich nicht, was dieses Gerede von Extravaganzen soll. In meinem Laden haben sie nie auch nur einen Cent ausgegeben.«

»Immerhin, auf diese Weise umgebracht zu werden? Mit einer Pistole? Maschinenpistole, nicht wahr? Am hellichten Tag? Wie ist so etwas überhaupt möglich? Was zum Teufel ist in diesem Land los?« Gomes arbeitete bei Radio Ceylon und entsetzte sich ständig über alles, was um ihm herum geschah. Er konnte nur im Tonfall schriller Ungläubigkeit reden.

Jay schüttelte angewidert den Kopf. »*Chi*, dieses Land verkommt langsam zu einer verdammten Bananenrepublik.«

»Nein, nein, nein, nein«, gluckste Dias. Was ist mit SWRD? Dem alten Bandaranaike? Seine Ermordung war eine echte Premiere. Nirgends auf der Welt war bis dahin so etwas vorgekommen. Wir haben noch vor Kennedy ein wirklich modernes Attentat gehabt. Attentat, habe ich gesagt. Sicher, es war kein rühmliches Schauspiel, den Premierminister umzubringen, aber man muß unseren Kerlen zugestehen, daß sie sich auf diese Dinge verstehen. Wir sind überhaupt nicht rückständig. Wo sonst auf der Welt hat man einen verdammten Mönch so etwas anzetteln sehen? Ich finde, dieser Trick sollte öfter angewendet werden, was? Ein Mönchsgewand ist die perfekte Verkleidung. Unter einem *hamudurova*-Gewand läßt sich sogar eine Panzerfaust verstecken; man braucht bloß ruhig in Andacht zu verharren. Alle werden sich ehrfürchtig verbeugen und weitergehen und annehmen, du seist im Nirwana versunken, was? Alles, was du zu tun brauchst, ist, dich nicht zu rühren und mit unergründlichem Gesicht über einem Bananenblatt zu meditieren.«

»Bloß die Kanone nach unten richten, ha, ha ha«. Adonis stand auf und fuchtelte zur Veranschaulichung mit den Armen zwischen den Schenkeln.

»*Chi*, Adonis. Hör auf.« Vina gab ihm einen Klaps auf den Hintern.

»Egal was«, fuhr Dias fort. »Bloß den richtigen Moment abwarten. Keiner wird dich belästigen. Alles, was du zu tun brauchst, ist, den Kopf kahlzuscheren, und hopp, du kommst überall durch … Selbst heutzutage.«

»Aber warum? Warum hat man Aluthgoda ins Genick geschossen?« unterbrach ihn Gomes.

»In die Visage, Mann, in die Visage, habe ich gesagt.«

»Aber warum?«

»Genau das ist es, was sich jedermann fragt.«

»Er besaß doch ein Imperium, nicht? Glaubst du, daß er versucht hat, die Eiskremfirma zu übernehmen?«

Dias faltete seine Zeitung auseinander. »Jeder hat eine andere Theorie.«

Nur Nili blieb ruhig. »Sein Lebensstil hat ihm einen schlechten Ruf eingetragen. Das ist es. Eine Schande. Dieses Land verdient Besseres. Ehrliche Männer, keine Halunken …«

Sarina, die Nili in allem nachzuahmen versuchte, nickte: »Es mußte so kommen. Genau so kommt es heraus, wenn die Habenichtse die Habenden soviel haben sehen.« Während sie sprach, blickte sie zu Vinas Adonis hinüber. Er hatte sich hingesetzt und hatte Vinas Hand genommen und lutschte andächtig an ihren Fingern.

»Wenn du recht hast und wenn es das Geldverdienen ist, was dazu geführt hat, zum Tod des Kapitalismus meine ich, dann hätte eigentlich sein Partner, dieser Mahendran, zuerst drankommen müssen. Die Studenten behaupten, Inder wie er seien die Fünfte Kolonne«, brummte Jay wie ein Lehrer. »Zuerst das Geschäft, dann die Armee. Das genaue Gegenteil von Alexanders Methode, ein Imperium aufzubauen. Das ist der asiatische Stil, sehe ich das richtig?«

»Anglo-asiatisch!«

»Du glaubst also an diesen indischen Expansionismus?«

»Warum nicht?« Jays glänzender Kopf neigte sich vor. »Doch was ist mit ihren Naxaliten?«

»Naxa... was, Mann? Man braucht doch bloß die Zahlen anzusehen. Die Demographie ist es, die die Politik zum Handeln treibt. Seit jeher. Hunderte von Millionen, einfach im Sand versickert ... Wie China.«

Wenn Mister Salgado redete, klang es meistens düster. Er war das Echo von Nilis Gefühlen. »Alles, was ich weiß, ist, daß es eine üble Sache ist. Gefährlich, sehr gefährlich.«

Einen Moment lang verstummte das Geschwätz. Die Hitze hummte vom fernen Geräusch eines Zuges und des Meeres, vom Wind in den Bäumen.

Ein paar Wochen später waren der berühmte Mann und sein Tod aus den Gedanken der Menschen verschwunden. Palitha Aluthgodas Anstrengungen, sich einen großen Namen zu schaffen, hatten letztlich bloß dazu geführt, daß man sich nur noch dank der Art, wie er gestorben war, an ihn erinnerte. Das Werk seines Mörders – irgendeines unbekannten Guerillakämpfers – wurde zur denkwürdigeren Tat.

»Essen wir doch auswärts heute abend«, sagte Miss Nili. »In dem neuen Lokal in der Nähe des Parks ... Wir sind noch nie dort gewesen.«

»Wir waren doch schon gestern abend aus!«

»Ja und?«

»Triton kann uns zur Abwechslung vielleicht ein paar Krabben besorgen. Oder Königsgarnelen. Wir könnten Dias und Tippy zu einem gemütlichen Abend einladen.«

»Uff, die beiden langweilen mich allmählich. Sie reden ständig von nichts anderem als von Rennen oder Poker.«

»Dias nicht. Er ist eine treue Seele.«

»Ich mag Dias. Diesen Tippy jedoch ... Ich weiß nicht, was du an ihm findest. Er hat einen schlechten Einfluß auf euch alle.«

Mister Salgado lachte. Tippy war einer von Mister Salgados Freunden. Er war kürzlich mit einem Bierbauch und kartensüchtig aus den Staaten zurückgekehrt. Er spielte vor allem Poker, das damals niemand kannte außer ihm. Er hatte einen kleinen Kreis alter Freunde zusammengetrommelt und brachte ihnen nun das Spiel bei. Er erzählte von Las Vegas und von Spielautomaten und vom großen Geld, das nur an einem dünnen Glücksfaden hing: Hirngespinste, denen niemand widerstehen konnte. Nach ein paar Bier verwandelten sich die Zweicent-Einsätze in nebulöse Rupienchips, doch am Ende der Partie, spät an einem Wochenende jeweils, war es immer Tippy, der mit der Beute von dannen zog. »Wie zum Teufel macht er das?« fragten sich seine Freunde.

Dias war sein unbeirrbarster Anhänger. »Er hat es von den *maestros* in den Staaten gelernt, Menschenskinder. In den USA!«

Nili hingegen behauptete, Tippy sei schlicht ein Betrüger. Sie mochte im übrigen auch seine Art nicht, mit ihr zu flirten. Sie hielt ihn für einen Schwätzer und sagte, daß der Aufenthalt in Amerika ihm offenbar einen gewissen Nimbus verleihe, doch alles, was er zurückgebracht habe, sei ein aufgeblasener Dünkel. Einen Bierbauch voll.

»Er ist Experte für Getreide«, sagte Mister Salgado. »Er hat in Ohio studiert.«

»Essen, das allerdings kann er.«

»In einem Land wie dem unsren sind solche Sachkenntnisse außergewöhnlich. Wir sind darauf angewiesen. Wenn wir überleben wollen, müssen wir in der Lage sein, unsere Grundnahrungsmittel selbst anzubauen. Tippy trägt eine große Verantwortung. Die Leute im Landwirtschaftsministerium denken daran, ihm ein wichtiges Projekt anzuvertrauen.«

»Alles nur Fett.« Nili verzog das Gesicht. »Fett und heiße Luft. Er glaubt wohl, daß sich jede Frau darum reißt, auf seinem Bauch herumzuhüpfen.«

Mister Salgado lachte. »Weißt du, warum er Tippy genannt wird?« Sie schnitt eine verächtliche Grimasse. »Danton behauptet, das komme daher, weil seine Vorhaut nicht bis zum …«

»… dieser Danton ist ebenso unerträglich. Wie will er das wissen?«

»Sie waren zusammen auf dem College. Wie auch immer, eine Pokerpartie ist fällig.«

»Ja und?«

»Ich habe mir gedacht, daß sie diesmal bei uns stattfinden könnte. Triton soll Krabbencurry kochen.«

Sie schnaubte. »Für die zwei? Kommt nicht in Frage. Perlen vor die Säue, denen Tritons Krabben vorzusetzen. Und zudem habe ich nicht die geringste Lust, dir einen ganzen Tag und eine ganze Nacht beim Trinken und Pokern zuzuschauen. Ich will ausgehen.«

»Es handelt sich doch bloß um unsere regelmäßige Partie.«

»Zu regelmäßig. Reine Zeitverschwendung.« Sie schüttelte den Kopf. »Du könntest sonstwas tun.«

»Wie bitte?« Er schaute sie verblüfft an. »Ich tue etwas. Ich tue die ganze Zeit etwas, doch ich brauche zusätzliches Datenmaterial, bevor ich am Bericht weiterarbeiten kann. Inzwischen spiele ich eben Karten, anstatt mit deiner Clique herumzualbern. Beklage ich mich vielleicht über sie? Soviel ich weiß, spielt sogar dein Freund Gomes. Was soll daran so schlimm sein? Kartenspielen gehört zum Leben. Die Menschen spielen seit Jahrhunderten.« Er verschränkte die Arme über der Brust. »Seit mindestens dem siebzehnten Jahrhundert! In Indien. Ehrlich.«

»Mumpitz!«

Sie schlossen einen Kompromiß: Sie würden an jenem Abend allein auswärts essen gehen, dafür am Wochenende eine Pokerparty geben. Ohne Krabben. Umgekehrt wäre mir lieber gewesen. Rückblickend denke ich, daß es Mister Salgado auch lieber gewesen wäre.

Zum Pokerlunch kochte ich den üblichen gelben Reis und Hühnercurry. Weil Tippy kam, kochte ich die doppelte Menge Reis, um sicherzugehen, daß sie nicht die Teller ausschleckten. Mister Salgado brachte zwei ausgemergelte Vögel nach Hause mit Köpfen, größer als ihre Schenkel. Zuerst überlegte ich mir, die Hühner in kleine Stücke zu zerlegen, damit sie nach etwas mehr aussahen, doch es wären womöglich nur Knochen übriggeblieben. Es war zu riskant. Wenn nicht mit dem Fleisch, dann würde ich mich eben mit dem Chili übertreffen müssen. Ich dickte also die Sauce ein und verdoppelte die Chilimenge. Je schärfer, desto besser. Sie würden alle schwitzen und nach Luft schnappen und ihre Quasselzunge kühlen. »Triton, Mensch, das ist aber scharf!« hörte ich sie sagen. »Wau, höllisch-scharf. Mein Kopf fängt demnächst Feuer.« Und Tippy würde blinzelnd hinzufügen: »Curry*lingus*, *machang*.«

Miss Nili war schon am Morgen beim Aufwachen schlechter Laune. Ich spürte es selbst durch die Schlafzimmertür. Als ich das Teetablett auf den Tisch im Flur stellte, konnte ich sie durch die Bettücher wimmern hören — wie ein Kind, das schlecht geträumt hat. Ein Laut, eine ferne Vergangenheit, die aus ihrem Kopf zu dringen schien und nicht aus der heiseren Tiefe ihrer Kehle, aus der sonst ihre Stimme plätschernd aufstieg. Das Bett knarrte, als sie — oder Mister Salgado — sich kehrte.

Nachdem Mister Salgado einkaufen gegangen war, frühstückte sie allein auf der Veranda vor dem Schlafzimmer. Ich brachte ihr die übliche reife Papaya, aus der ich die schwarzen Kerne entfernt hatte und die — mit zwei schwebenden Limettenhalbmonden an geschnitzten Cocktailstäbchen — in ihrer natürlichen gelben Schalenwiege schaukelte. Sie preßte die Limette auf das rohe Fruchtfleisch aus und leckte dann die Finger. Sie fuhr sich über den Hals, als massiere sie den Saft in die Haut ein. Ob sie wohl schon einmal eine ganze Limette, Tropfen um Tropfen, zwischen ihren kleinen Brüsten ausgepreßt und die saure Feuchtigkeit über ihre Haut hatte rinnen lassen? Was machten die beiden mit dem Mangokern, den ich manchmal morgens in ihrem Bett fand? Ganz abgenagt und abgenutzt; blank wie ein in der Wüste polierter Stein. Oder wie eine Gabe, die von einem zum andern geht, von Mund zu Mund, immer wieder. Mango für die Haut? Eine Körperlotion? Oder für die Lippen? Ein Gleitmittel, um das Leben zwischen Mann und Frau voll auskosten zu können? Oder sonst ein seltsamer Gegenstand geteilter Lust? Sie saß mit untergeschlagenen Beinen da, rührte im Tee, als grabe sie ein Loch durch die Tasse und den Unterteller. Durch den Tisch, den Fußboden, bis zu den Eingeweiden der Erde.

»Missy«, sagte ich, »möchten Sie vielleicht etwas *rice crispies*, von den ganz guten?«

Sie warf mir einen finsteren Blick zu; ihre dünnen, sorgfältig gerupften Brauen in ihrer glatten hohen Stirn senkten sich.

Ich nahm die leere Tasse und wartete auf einen Befehl, doch sie blieb stumm. »Eier? Spiegelei? Rührei?« Ich versuchte es mit allem. »Oder Eierkuchen mit grünem Chili und Zwiebel? Etwas Butter?«

Später sah ich sie im Garten. Sie stocherte mit einem Stock herum, zerbröselte die Eierschalen, die ich in die Anthuriumtöpfe gesteckt hatte. Zwei Krähen auf der Gartenmauer krächzten hinter ihr her, und ein Fahrradfahrer, der die Straße hinunterfuhr, klingelte mit seiner Fahrradglocke. Sie schaute nicht einmal auf. Dann knickte sie den Stock entzwei und warf damit nach den Krähen. Die Vögel flatterten auf. Ich hörte, wie sie sie verjagte, was bloß dazu führte, daß sie noch lauter krächzten und auf Bäumen und Brüstungen in der ganzen Nachbarschaft eine Kettenreaktion auslösten. Es war wohl das Gekrächze der Krähen, das sie schließlich ins Haus zurücktrieb. »Bring einen großen Eimer heißes Wasser, Triton. Einen großen Eimer.«

»Wohin?«

»Auf die Veranda hinaus.« Sie hieß mich, den Eimer bis zur Hälfte zu füllen und heißes Wasser bereitzuhalten.

»Stell ihn dorthin.« Sie zeigte auf die rechteckigen, geflochtenen Fußmatten, die sie vorsorglich vor einem Holzhocker ausgelegt hatte. Ich stellte den Eimer daneben.

Sie lächelte zum ersten Mal an diesem Morgen. »Danke, Triton. Bring in etwa zehn Minuten mehr Wasser.« Sie schüttelte ein paar Tropfen Rosenessenz aus einer kleinen blauen Flasche in die Hand, drapierte dann ein Laken um die Schultern und setzte sich vor den Eimer. »Das nennt man Sauna, Triton.« Sie schlüpfte unter dem Laken aus ihrem Kimono und ließ ihn auf den kalten Fußboden gleiten. Ich hob ihn auf. »Zehn Minuten«, sagte sie, zog das

Laken über den Kopf und verwandelte es in ein dampfendes Zelt.

Als ich mit einem weiteren Eimer heißen Wassers zurückkehrte, streckte sie den Kopf aus dem Zelt. Ihr Gesicht war naß und glänzend, ihre Augen leuchteten. Sie sah erstaunlich munter aus. Sie lüftete kurz das Laken und ließ die heiße dampfende Luft heraus. »Füll auf.«

Ich beugte mich über ihre Füße und goß sorgfältig Wasser nach, paßte auf, ihre Beine nicht zu bespritzen. Ich konnte die Adern an ihren Knöcheln anschwellen sehen. Ich schwitzte vom aufsteigenden Dampf.

»Genug.« Sie verkroch sich schnell wieder und sperrte Dampf und Eimer ein. »Noch einmal«, sagte sie unter dem feuchten Laken hervor. Hinter ihr breitete sich eine kleine Wasserlache aus, oder vielleicht war es Schweiß. Sie hatte die Storen heruntergelassen, so daß es im Alkoven stickigfeucht war. Das Ganze wirkte unheimlich: wie das dampfende Kultbecken einer dämonischen Sekte.

Als ich mit dem letzten Eimervoll unterwegs war, hielt mich Mister Salgado am Arm fest. Er schaute mich fragend an. Ich erklärte, ich bringe Miss Nili heißes Wasser. »Sauna«, sagte ich wichtig.

»Wo?«

Er ließ mich kaum ausreden; er nahm mir den Kübel aus der Hand und ging zu ihr hinüber. Sie tauchte auf und sah ihn. Sie breitete das große dunkle Laken aus wie Vogelflügel. »Kommst du darunter?«

Von dort, wo ich stand, konnte ich sein Gesicht nicht sehen, aber ich sah, wie sich seine Schultern versteiften. Er goß Wasser nach. »Wo hast du das gelernt?«

Sie lachte. »Ich brauchte die Hitze.«

»Weißt du, wie spät es ist?«

Sie lachte wieder. »Willst du nicht einmal fühlen, mein Schatz?«

ZWEI SÄTZE SPIELKARTEN nebeneinander; auf der Rückseite des einen war eine ermattete Prinzessin auf einem mit Blattgold verzierten Mogulbett abgebildet; auf dem andern betrachtete die Prinzessin einen blauen Pfau, während im Hintergrund ihre Höflinge miteinander flüsterten. In einer Mahagonischatulle stapelten sich rote, blaue und weiße Chips.

Die Pokerspieler trudelten gegen Mittag ein: Dias, Tippy, Gomes, Danton Chidambaram und Susil Gunawardene, dessen Finger endlos sein öliges Haar glätteten und sein Profil schärften. Ich hatte eine Eisbox Bier auf der Küchenveranda bereitgestellt, damit sie etwas zum Trinken hatten, bis sie in Stimmung waren und sich über den Lunch hermachten.

Susil war ein von Natur aus zufriedener Mensch, wie Dias. »Nun, Jungs? In Form?«

Tippy hatte bereits Platz genommen: »Ein Glückstag, ein Glückstag. Meine Finger fühlen sich heute an, als seien sie von einer Glücksfee gestreichelt und geküßt worden, *machang*.«

»Oh-oh, nein, Mann, ein schwarzer Tag, *machang*. Ein schwarzer Tag für euch alle.« Dias zerrte seine ewige Zeitung aus der Tasche. »Steinbock, nicht wahr?« Er schüttelte düster den Kopf. »Schlechte Aussichten für dich heute. Der Mond steht im falschen Viertel. Wer ist Virgo, die Jungfrau?«

Nili schaute auf. »Das bin ich, Süßer.« Sie sah ganz glatt und unnahbar aus nach ihrer Sauna.

»Oh-oh, freu dich nicht zu früh. Offenbar ein schlechter Tag für alle. Ranjan? Fisch, oder? Du steckst ebenfalls in einer etwas stürmischen Phase.«

»Somit stehen wir heute offenbar alle unter einem unglücklichen Stern«, lächelte Susil gutmütig.

»Wie könnte es anders sein, ohne Frauen, was?« gluckste

Tippy. »Abgesehen von unserer unübertrefflichen Gastgeberin natürlich.«

»Ich habe immer geglaubt, du seist der Unübertrefflichste. Der Geilste zumindest«, gab Nili zurück.

»Warum? Was willst du damit sagen?«

»Löwe ist in Ordnung«, warf Dias schlichtend ein.

»Das bist du, oder nicht?«

»Richtig, Mann.«

»Und der Kerl wohl auch, der diesen Blödsinn geschrieben hat«, spöttelte Danton. Er gehörte zu jenen, die ohne Beweise an nichts glauben.

»Was meinst du dazu, Gomes?«

»Mein Freund Alphonso hat mir erzählt, daß der zuständige Redakteur manchmal das Horoskop einfach aus dem des vorigen Monats zusammenschreibt. Keiner merkt, daß es das gleiche ist.« Seine breiten, flachen, schlaffen Wangen schwabbelten. »Jeder liest nur gerade seines.«

Ich öffnete drei Bierflaschen mit dem Kapselheber.

»Zugegeben, ist tatsächlich meistens nur Humbug, was in den Zeitungen steht, doch wenn es seriös gemacht wird, ist es durchaus eine ernstzunehmende Angelegenheit.« Dias schaute nachdenklich drein. »Ich habe es selbst erlebt.«

Alle lachten, als hätte er einen Witz gemacht. »Und was sagt dein Sternzeichen zu einer kleinen Pokerpartie, was?« Tippy bohrte ihm den Finger in die Brust.

»Ich meine es ernst. Diese Dinge können sehr aufschlußreich sein. Mein Freund ist einmal …«

»Bitte nicht noch einer deiner meschuggen sogenannten Freunde!«

»Er hat jenen Kerl aufgesucht, der in der Nähe von Matara in einer Höhle haust und der die unglaublichsten Geburtshoroskope der Welt erstellt. Du bringst ihm die Zeit und den Ort deiner Geburt, und er findet alles heraus. Er kann dir alles aus deiner Vergangenheit und deiner

Zukunft sagen. Dem Freund meines Onkels hat er den Selbstmord von dessen Mutter in allen Einzelheiten geschildert, zu einem Zeitpunkt, wo dieser selbst noch nichts davon wußte. Ehrlich. Und er hat ihm gesagt, sein Sohn würde sich ebenfalls umbringen. Eine grauenhafte Geschichte. Ihr erinnert euch doch, oder? An den jungen Mann, der bei der Bank arbeitete und dann übergeschnappt ist? Angefangen hat, die Scheine zu essen oder was weiß ich ...?«

Ich stellte in der Küche den irdenen Topf, in dem ich die Hühner gekocht hatte, in den Spülstein und füllte ihn bis obenauf mit Wasser. Ich goß etwas übriggebliebene Milch dazu. Als sich die Milch im eingeweichten Topf mit dem öligen Wasser vermischte, stieg eine wunderbare Milchstraße auf: eine flüssige Rauchspirale, die sich ganz langsam entrollte, die Lehmrillen entlangstrich und sich sanft in einer lautlosen weißen Unterwasserexplosion auflöste. Eigentlich hätte man sich vorstellen können, daß die Mischung aus Öl, Wasser und Milch formlos sei, doch das Ganze lief nach einem vorbestimmten Muster ab, als ob jeder Tropfen seine Zukunft in sich berge, als ob die Wolke in der Form des Topfes selbst enthalten sei, obwohl er im mit Wasser gefüllten Spülstein stand. Ich wartete eine Ewigkeit, um zu sehen, was weiter passierte. Nichts passierte. Ich machte mir eine Tasse Tee, und als ich wieder in den Spülstein blickte, hatte sich die weiße Wolke gesetzt und überzog den Boden wie Gallert. In einer Tasse Tee verschwindet die Milchwolkenexplosion, verdampft und verdünnt, immer sofort in der sich gleich bildenden hellen Schlammfarbe. Doch das Wasser im Spülstein schien die Explosion irgendwie hinauszuzögern, so daß sich schließlich überhaupt nichts änderte. Ich schloß daraus, daß es am Hühnerfett liegen mußte. Das Fett war es, das den Unterschied ausmachte, und das kam mir bedeutsam vor.

Ich hätte gern mit jemand darüber gesprochen. Wenn eine Flüssigkeit in ihrem scheinbar freien Fall bestimmten Gesetzmäßigkeiten folgt, warum dann nicht auch unser Leben? Der Gedanke ließ mich nicht los.

Dem Gelächter nach zu schließen herrschte im Haus drüben ausgelassene Stimmung. Nili stritt sich mit Tippy und Mister Salgado. Ich schaute mich nach Dias um. Er saß etwas abseits und studierte die Rennliste.

»Sir, kommen Sie bitte, ich möchte Ihnen etwas zeigen.«

»Aha, Triton. Was ist?« Er blickte mich erstaunt an.

Da wurde mir mit einem Mal bewußt, daß ich ihm das, was ich ihm gern gezeigt hätte, unmöglich zeigen konnte. Es ging nicht nur um Öl und Wasser: Es hatte mit mir selbst zu tun. Als er die Zeitung faltete und nochmals »Was ist?« sagte, murmelte ich etwas vor mich hin und suchte krampfhaft nach einer Antwort.

»Der Spieltisch. Ich habe die indischen Spielkarten bereitgelegt. In Ordnung?«

»Sicher, Triton.«

»Ich dachte, Sie möchten zur Abwechslung vielleicht etwas Besonderes, wegen der Sternzeichen …«

Er lächelte freundlich. »Aufmerksamer Junge«, sagte er. »Aufmerksamer Junge. Doch was zählt, ist, wie die Karten fallen, egal mit was für einem Spiel. Und wie läßt sich das beeinflussen?«

Ich schüttelte hilflos den Kopf. Das ließ sich nicht beeinflussen. Mein Onkel hatte mich einmal zu einem seiner Freunde mitgenommen. Dieser war *peon*. Er trug eine Khakiuniform und lief den ganzen Tag mit Aktenbündeln zwischen zwei alten Herren in zwei grauen Räumen hin und her, die endlos Zahlenreihen addierten und subtrahierten. Am Abend jedoch spielte er Karten. Er mischte die Karten etwa dreißig Sekunden lang und summte dabei leise vor sich hin, dann klatschte er sie auf die Matte. Er wettete mit meinem Onkel über die Farbe der abgehobenen Karte: Schwarz oder Rot? Den ganzen Wochenlohn für die richtige Farbe. Das sei die kürzeste Partie der Welt, pflegte er zu sagen, und seine Augen leuchteten beim Gedanken, daß einer von ihnen in dreißig Sekunden ruiniert sein würde. Sie tranken Terpentin, um das Spiel hinauszuzögern, denn je mehr man verlor, desto schneller wurde gemischt. Ich war vom raschen Mischen und Ablegen fasziniert – und ebensosehr vom schnellen Hin und Her kleiner Vermögen. Abheben!

Poker war ein unendlich viel langsameres Spiel. »Die Karten fallen, wie sie wollen«, antwortete ich.

Dias lächelte, doch bevor er etwas sagen konnte, rief Tippy ihm zu: »Sag mal, was meint dein Astrologe zu den Beatles? Werden sie jemals wieder zusammen auftreten, Mann?«

Ich war eben dabei, das Essen anzurichten, als das Telefon klingelte. Ich hob ab: Es war Robert. Er wollte mit Nili sprechen. Sie tauchte hinter mir auf, und ich reichte ihr den Hörer. Das Gespräch dauerte nur kurz. Sie legte auf und ging in ihr Zimmer. Kurze Zeit später sah ich sie zum Gartentor hinuntergehen. Ich lief hinter ihr her: »Was ist mit dem Essen, Missy?«

Sie machte den Mund auf, als wolle sie etwas sagen, unterließ es aber. Ihr Blick kehrte sich nach innen und wurde hart und abweisend – selbst als sie mich anschaute. »Falls er nach mir fragt, falls er zufällig daran denkt ... sag ihm, ich sei ausgegangen. Vielleicht bin ich zurück, bis sie mit ihrem Gelage fertig sind.«

Sie bat mich, ein Taxi herbeizurufen. Bevor sie verschwand, sagte sie grimmig zu mir: »Geh, füttere sie, Triton. Stopf ihnen den Mund voll, wenn du es schaffst, damit sie endlich mit ihrem dummen Geschwätz aufhören.« Sie klemmte ihre schwarze glänzende Handtasche fest unter den Arm. Als sie weg war, richtete ich fertig an und stellte das Essen auf den Tisch, so daß sich jeder selbst bedienen konnte. Tippy würde den Anfang machen, darauf konnte man sich verlassen, und die anderen würden ihm folgen. Jeder würde sich einen Berg Reis auf den Teller häufen und eine große Lache Curry und sich einen Stuhl suchen, wo er sich in Ruhe satt essen und das Mark aus jedem einzelnen Knochen saugen konnte, bis sich schließlich einer zum Kartenspielen aufraffte und die andern mitzog.

»Mann, wo bleibt eigentlich Nili?« fragte Susil.

Mister Salgado blickte erstaunt um sich. Ich berichtete ihm, was vorgefallen war.

Tippy auf der gegenüberliegenden Seite des Tisches hatte Ohren wie ein Elefant.

»Macht dieser Robert immer noch die Gegend unsi-cher?«

Mister Salgado nickte.

»Ein Teufelskerl. Ein Ivy-Leaguer oder etwas Ähnliches. Wenn ihr wüßtet, wo der sich überall herumtreibt ...«

Dias trat dazu; er kaute geräuschvoll saugend an einem Hühnerknochen herum. »Worum geht es?«

»Hast du schon von diesem Robert gehört?«

»Ich kenne ihn. Warum? Er war doch an jenem Essen mit dabei, nicht? An Weihnachten.«

»Der Windhund ist überall dabei. Streunt durch die Küstendörfer und haut auf die Pauke«, sagte Tippy.

»Wozu? Wozu denn?«

»Mondscheinbaden im Meer und was weiß ich ... Mondschein und sonst nichts an, was? Er wirft mit Geld nur so um sich und vögelt mit den Dorfschönheiten am Strand ...«

»Erzähl keinen Unsinn. Wie macht einer das?«

»Wozu, Mann. Weißt du etwa nicht, wie man das macht?«

»Unsere Jungs werden dem Kiffer bestimmt die Eier pfeffern. Und ihn zum Teufel jagen.«

»Ihm die Eier abzwacken, meinst du ...«

Tippy stieß mit dem Ellbogen Mister Salgado an. »Übrigens, ich habe gehört, daß er ins *Sea Hopper* gezogen ist. Kannst froh sein, daß deine Nili nicht mehr dort arbeitet. Sie sollte besser etwas Distanz halten. Was, Ranjan?«

Erneutes Gelächter. »Ich dachte, in den Staaten sei die freie Liebe gang und gäbe. Das hast du zumindest behauptet, als du nach Kalifornien gegangen bist.« Susil hob die Hände vor Tippys Gesicht und winkte mit den Fingern.

»Freies Vögeln, das gibt es nicht, man bezahlt immer dafür«, murmelte jemand hinter mir. Es war der berüchtigte Chilibad-*pando*, der sich leicht schwankend mit einem großen weißen Taschentuch über den Mund fuhr. Er wohnte immer noch in Nummer acht, uns gegenüber, allein, und manchmal, wenn er die übliche Clique bei uns sah, kam er zu einem Freibier herüber.

»Du mußt es ja wissen, *machang*.«

Mister Salgado drehte einen leeren Teller in den Händen herum und hörte zu. Ich ging zu ihm hinüber und zog ihn zum Tisch. »Kommen Sie, Sir, das Essen wird kalt.« Ich schöpfte etwas Reis auf seinen Teller und einen schönen, festen Hühnerschenkel, an dem sogar etwas Fleisch war. »*Puppadum?*«

Er nickte und nahm einen großen, schön blasigen.

»Dort drüben, Sir, setzen Sie sich dort hinüber.«

Er ging zu einem der Holzstühle an der Wand und setzte sich. Er zog ein langes Gesicht, und seine Mundwinkel zeigten abwärts. Ich überließ ihn seinem Essen oder was auch immer und ging die Schüsseln nachfüllen und Biernachschub holen. Es waren nur Männer anwesend – ohne Nili. »Mann, *machang, pukka,* verbrennt einem den Mund, dieser Reis. Hast du davon probiert?« Bier, Reis und Hüh-

165

nercurry: Es war so einfach, sie in Stimmung zu bringen. Alle, außer Mister Salgado, der sein Bier schluckte wie ein Fisch.

Nach dem Eis folgte der unvermeidliche einstimmige Ruf. »Karten. Wo sind die Karten? Triton, bring den Tisch.«

Ich klappte den Spieltisch auf. Tippy hob die Karten ab. Mister Salgado wurde in die Runde gezerrt und mit einem weiteren Bier aufgemuntert. »Bankhalter, her mit den Chips!«

»Zuerst das Geld. Spuckt das Geld aus.«

»Warum? Niemand tut das in diesem verdammten Land.«

»Wie all diese Gurus, was?« brummte Danton. »Alles Furz und keine Scheiße.«

Sie setzten sich mit viel Lärm und Getue um den Spieltisch, einmal, um wach zu werden, aber auch weil das zu ihrem kameradschaftlichen Wochenendzeremoniell gehörte. Ich trug das Essen hinaus und nahm mir ein paar Handvoll Reis. Vom Huhn war nicht viel übriggeblieben, aber ich hatte zwei Flügel zurückbehalten. Bei Mister Salgados Freunden konnte man nie mit Resten rechnen.

Den ganzen Nachmittag kein Lebenszeichen von Nili. Ich weiß nicht, warum ich erwartete, daß das Telefon mit einer Nachricht von ihr klingeln würde, doch es blieb stumm. Mister Salgado war still, bekümmert. Tippy unterhielt die Runde mit Anekdoten von seinen Amerikareisen. Susil, immer auf der Lauer nach einer Chance, sagte: »So, wie du die Dinge schilderst, könnte hierzulande ein bißchen freie Liebe nicht schaden. Vielleicht würde das die jungen Schlägertypen von ihrem marxistischen Gewäsch ablenken.«

»In dieser neuen Bewegung, der sich alle anschließen, heißt die Parole offenbar: kein Tabak, kein Alkohol, kein Sex. Habt ihr das auch gehört?«

»O nein, Mann, nicht noch eine Klostergeschichte. Ich dachte, sie wollen eine Revolution, verdammt.«

Mister Salgado ergriff das Wort. »Ist ganz und gar nicht zum Lachen. Man hat mir gesagt, daß selbst mein Assistent an der Küste unten sich seit einiger Zeit seltsam benimmt. Er verschwindet jeden Monat ein paar Tage, niemand weiß, wohin ...«

»Quatsch, Ranjan. Wir reden von einer Handvoll Einfaltspinsel, die nichts Gescheiteres zu tun haben. Dein Wijetunga ist ein intelligenter Bursche. Der Kerl hat doch einen Job, oder? Worüber soll er sich also beklagen?«

Ich erinnerte mich an das, was Wijetunga von den Fünf Lehren gesagt hatte. An einen Hauch gärender Kokosnußfasern. Zwei Welten, die sich gegeneinander drehten. »Einfaltspinsel? Von wegen. Habt ihr die Wahlansprache nicht gehört, in der die Rede davon war, die Verlierer an den Eiern aufzuhängen? Und den Schweinefleischfressern von Galle Face Green die Haut abzuziehen? Damit sind auch wir gemeint, Freunde. Nicht nur die paar Krösusse. Und dieser Kerl mit all seinen Drohungen wird nächsten Monat im Parlament sitzen.«

»Unsinn. Bloß leeres Geschwätz. Alles, was die Kerle wollen, ist ihre Hände in den Honigtopf stecken. Wie jedermann.«

Als die Sonne unterging, braute ich eine riesige Kanne Tee. Tippy stand vom Spieltisch auf. Er hatte reichlich getrunken. »Genau was wir brauchen«, sagte er laut zu mir. »Schenk den Tee ein, *kolla*.« Er schaute mich nicht einmal an, als ich die Tasse vor ihn hinstellte. »Dias, sag mal, wie kommt es, daß du alle guten Karten hast? Hast die Karten gezinkt oder was?«

Dias lächelte selbstgefällig. »Ich hab's euch ja gesagt, die Sterne sind heute auf meiner Seite.«

»Bullshit.«

»Wart's ab. Ich nehme euch heute bis aufs Blut aus.« Er strich seine Chips ein und häufte sie zu einem kleinen Stapel.

»Aufgeben oder verdoppeln?«

Alle lachten, bloß Mister Salgado nicht. Er betrachtete den kleinen Chipshügel auf der anderen Seite des Tisches.

»Was zum Teufel ist mir dir los, Ranjan?« fragte Tippy. »Kein Glückstag heute?«

Mister Salgado schaute ihn mürrisch an, sagte aber nichts. Ich hatte sie satt. Sie und ihr Geschwätz. Als ich jedem Tee eingeschenkt hatte, ging ich in den Garten hinaus. Wenn die Sonne untergegangen war, kam ein sanfter Wind auf. Es war, als ob die Pflanzen wieder zu atmen begannen, nachdem sie den ganzen Tag den Atem angehalten hatten. Das Summen der Insekten stieg auf wie ein Duft. Die Blüten fielen im Dämmerlicht von den Bäumen; die Blütenblätter hüpften von den dünnen Zweigen und ruhten sich kurz auf einem darunter liegenden Blatt aus, bevor sie, für immer befreit, die Erde berührten und starben. Selbst die Erde federte ein bißchen, wenn die Sonnenglut sich zurückzog. Ich ging zum Tor und schaute die Straße hinunter. Zwei Gestalten schritten auf die Hauptstraße zu. In der ersten Zeit im Haus von Mister Salgado stand ich oft in der Dämmerung am Tor. Von dort aus konnte ich zwei Straßenlampen zwischen den Schattenbäumen auf der Hauptstraße sehen. Kurz nachdem die Sonne untergegangen war, kam ein Mann auf einem Fahrrad, der in der einen Hand eine zehn Fuß lange Stange balancierte. Am Ende der Stange war ein Metallhaken – wie bei einem Mahautstock, mit dem man ein Elefantenohr kitzelt oder zerrt. Damit klickte er den Schalter im Metallgehäuse auf halber Höhe der Lampenstange ein und brachte einen langsamen Gasstrahl zum Fließen, der sich entzündete und die Nacht mit seinem weißen Licht freundlich erhellte

wie ein Phosphorstern. Danach, wenn die Lichter von
Haus zu Haus aufblitzten, um die sich auf die Erde stürzen-
de Dunkelheit abzuwenden, zuckte unsere rote staubige
Straße wie eine tanzende Zunge.

Ich wandte mich um und schaute zu unserem Haus
hinüber. Wolken zogen dahinter auf. Riesige gelbe Licht-
augen starrten mir aus der Fassade entgegen. Ich hätte die
Jalousien herunterlassen müssen, aber ich hatte zu lange im
Freien geträumt. Dröhnendes Gelächter und Wortfetzen
prallten im Haus an die Wände, bevor sie in die Dunkelheit kollerten.

Ich hörte Tippy nach mir rufen. »Triton, *kolla*, Bier!« Ich
rührte mich nicht. Soll er es sich selbst holen, wenn er
nicht warten kann. Es war im übrigen höchste Zeit, daß
sie gingen. Allesamt. Ich wartete in der Dunkelheit. Tippy
rief nochmals nach mir und klopfte mit einem Glas an eine
Flasche. »Vier Asse; wer schlägt mich?« rief Dias frohlok-
kend.

»*Aiyo!*« Jemand schlug sich auf die Schenkel und schmiß
die Karten hin.

Chips klapperten. Eine Flasche Bier wurde aus der Küche gebracht. »Ich habe nur eine gefunden.« Ich hörte die
Kapsel klicken. Jemand schaltete Musik ein: ein elektroni-
sches Wehklagen in einem violetten Nebel.

»Wo zum Teufel steckt der Bursche? Triton?«

Ich erhob den Arm und fluchte flüsternd in ihre Richtung: »Leckt mich …« Irgend etwas in der Nachtluft
steckte auch mich an. Zu vieles ging vor sich. Wijetunga
am Strand hatte es begriffen. Ich wünschte, ich hätte
meinen Schulabschluß gemacht. Dumm. Dummer Kerl.
Dummer *kolla*. Ich spürte Panik in mir aufsteigen. Ich sah
Joseph mir vom Tor aus zugrinsen; er war von oben bis
unten mit *bali*-Sand beschmiert und hielt einen vergifteten
Schädel in der Hand. Auch er schien in der Luft zu

schweben. »Friß, *kolla*, friß ihn.« Etwas tief in mir verglühte.

»Aus«, schrie Tippy. »Ich gebe auf.«

»Feigling, nur weil du am Verlieren bist ...«

Jemand zog kratzend einen Stuhl über meinen glänzend gebohnerten Fußboden; es fühlte sich an wie ein Messer, das meine Haut blutig ritzte. Ich hockte lauernd in der Dunkelheit wie ein Leopard; meine Fußsohlen schmerzten von den spitzen Kieseln in der Auffahrt. Die Spieler brachen auf, als ob die Partie durch einen unterbewußten kollektiven Entschluß beendet worden wäre. Ich sah Tippy ein Glas Bier austrinken.

Die äffischen Gestalten stolperten in einem langsamen, plumpen Tanz aus dem Haus und verschwanden in ihren buckligen schwarzen Autos. Die Motoren sprangen hustend an ... und sie fuhren auf prallen Reifen die stille dunkle Straße hinunter. Die Dinge nahmen anscheinend immer ein überraschend abruptes Ende, und hinterher hatte man den Eindruck, als sei nie etwas geschehen. Alles sei vielleicht nur ein Traum gewesen.

Später – ich war immer noch draußen – kam Nili nach Hause. Mister Salgado war am Spieltisch eingenickt und schien ihre Rückkehr nicht zu bemerken.

Ich konnte nicht aufräumen. Ich wollte Miss Nili und Mister Salgado nicht stören. Ich ging nach einer Weile zur Hauptstraße hinunter. Ich schaute dem Verkehr zu, der von nirgendwoher nirgendwohin führte. Ich spürte, wie uns der Ozean von allen Seiten bedrängte.

ALS ICH AM NÄCHSTEN MORGEN den Tee brachte, war Mister Salgado schon auf. Er saß in seinem Sarong auf der Veranda und starrte auf das Tor am Ende der Auffahrt. Eine kleine Golddrossel schwang sich von einem Ast und flog über den Garten. Mister Salgado beachtete sie nicht. Er war wie eine Statue: reglos, erloschener Blick, eingefallene Wangen und sein Mund, seine Lippen, schwerelos. Es war, als ob nichts auf dieser – oder der nächsten – Welt ihn jemals würde von der Stelle bewegen können. Er blinzelte nicht einmal. Ich schloß daraus, daß er nicht viel geschlafen hatte.

»Soll ich Tee einschenken, Sir?« Die gleichen vertrauten Worte wie immer, doch die schreckliche Nacht hatte alles verändert.

Er rührte sich nicht. Er starrte vor sich hin. Ich fragte nochmals: »Tee?«

Schließlich wandte er ganz langsam den Kopf in meine Richtung. Sein Gesicht war ausdruckslos; kaum ein Muskel bewegte sich darin. Ich deutete dieses Lebenszeichen als Befehl, einzuschenken. Der Tee floß in einem dicken braunen Strahl aus dem Schnabel. »*Nona?*« fragte ich.

Er tat, als höre er mich nicht.

Sie tauchte meistens kurz nach ihm auf, doch an diesem Morgen ließ sie sich nicht blicken. Ich schaute auf die weißen Türen hinter ihm, die zum Schlafzimmer führten. Sie waren fest zu. Als seien sie an jenem Morgen überhaupt nicht aufgemacht worden.

In der Nacht hatte ich die beiden von der Straße aus gehört. Zuerst hörte ich Nili ihn anschreien. Laut genug, daß sich die ganze Nachbarschaft duckte. Ihn hörte ich erst, als ich durch den Nebeneingang ins Haus schlich. Seine Stimme schien aus der Tiefe seines Körpers anzuschwellen und aus ihm hervorzubrechen – wie bei einem Dammbruch. Ich hatte ihn noch nie so gehört. Obwohl es nicht das erste Mal war, daß Nili die Nerven verlor, hatte ich noch nie soviel Haß in seiner Stimme gehört. Sie klang schneidend. Er beschuldigte sie, mit Robert ins Bett zu gehen. »Ich habe doch gesehen, wie du auf dieses

Schwein abfährst.« Ich warf einen Blick durch die einen Spaltbreit offene hintere Tür. Ihr Gesicht war verzerrt. Die Sehnen an ihrem Hals waren gespannt. Sie schluckte mühsam. »Was unterstehst du dich ... Du hältst dich wohl für ein Genie, was? Kapierst aber überhaupt nichts, verdammt noch mal. Deine dämlichen Freunde pissen dir in den Kopf, du Schleimscheißer ... Und du unterstehst dich ...« Sie stieß einen Stuhl um. Er prallte gegen die Stehlampe. Die Lampe stürzte zu Boden. »Weißt du, was du bist? Scheiße, nichts als eingebildete Scheiße. Ein Barbar. Wie die ganze Bande. Du glaubst wohl, ich gehöre dir, nur weil ich mit dir schlafe, du mieser Tropf.« Erst in diesem Moment wurde mir bewußt, wie sehr ich sie nach meinem Wunschbild geformt hatte. Wie wenig ich von ihr wirklich wahrgenommen hatte. Heute, nach all den Jahren, kann ich mir kaum mehr ihr Gesicht vorstellen, ihr ganzes Gesicht. Bloß Einzelheiten tauchen in der Erinnerung auf: ihre Augen, Lachgrübchen, die Kuchenkrümel in den Mundwinkeln ... und an den abgrundtiefen Zorn, den ihr Mund ausspuckte. Sie stürzte davon. Mister Salgado stand mitten im Zimmer, entstellt von den Strahlen der am Boden liegenden Lampe. Schließlich bückte er sich und richtete die Lampe auf. Ich ging in mein Zimmer und warf die Tür hinter mir zu.

Die Drossel flatterte zutraulich näher. Sie war noch nie bis auf die Veranda gekommen. Ich konnte sie hinter Mister Salgados Kopf sehen: mandarinengelb, ein freches schwarzes Köpfchen, glänzende rotumrandete Äuglein, ein roter Schnabel. Sie war so klein, und dennoch vermochte ihre Stimme den ganzen Garten zu füllen; ihr gelbes Gefieder war wie ein Pinselklecks. Sie sang ganz einfach. Ohne Furcht. Ohne Angst vor dem Adler, der eines Tages im Sturzflug ihre gelben Federn ausrupfen würde. Sie war wunderbar in ihrer heiteren Arglosigkeit. Sanft bis zu ihrem letzten Augenblick – bis es zu spät war. »Sir«, flüsterte ich Mister Salgado zu. »Schauen Sie, der Vogel.«

Er blickte ihn an, zeigte aber immer noch keine Regung. Er hatte mich einmal mit einem toten Vogel in der Hand angetroffen. Es war ganz am Anfang gewesen, als ich im Haus noch ein kleiner *kolla* war. Ich hatte eine Schleuder gebastelt, um damit die Mangos von Ravis Baum herunterzuschießen, und übte mich unten am Tor im Zielen. Ein kleiner Vogel setzte sich auf einen nahen Ast. Ich konnte der Versuchung nicht widerstehen. Meine Treffsicherheit war besser als erwartet. Er fiel beim ersten Schuß. Der kleine Vogel plumpste auf die Auffahrt wie eine Stoffkugel. Ich las ihn auf: Die Federn fühlten sich seidenweich an, die winzigen Knochen zart, zerbrechlich. Er war noch warm. Mister Salgado kam heraus und sah den Vogel in meiner Hand. Er hielt mich am Handgelenk fest und sagte: »Du darfst nie Leben zerstören, weißt du? Zerstören ist einfach, aber du hast die Gabe nicht, Leben ebenso einfach zu schaffen.« Mir war, als müßte ich vor Scham in der Erde versinken. Ich wünschte mir, ich wäre tot.

Der Spieltisch und die Stühle im Gartenzimmer wirkten gespenstisch, als ob die Spieler sich plötzlich in Luft aufgelöst hätten. Schaler Biergeruch hing in der Luft. Ich hätte die Gläser am Abend wegräumen müssen. Sie waren voller trunkener, toter Insekten. Ich hatte es tun wollen. Aber ich konnte unmöglich hineingehen, weil ich wußte, daß die beiden im Zimmer waren und was für ein Spiel auch immer miteinander spielten.

Im Eßzimmer fand ich mein *sambol* auf dem Fußboden ausgekippt. Die Schüssel war unter den Tisch gerollt. Die Lasagne, die ich vorbereitet und im Kühlschrank aufbewahrt hatte, stand auf dem Tisch. In der Mitte, wo offenbar jemand einen Löffelvoll herausgeschaufelt hatte, klaffte ein gähnendes Loch. Das Herz krampfte sich mir zusammen. Ich hätte zur Stelle sein müssen, für den Fall, daß die beiden hungrig waren. Neben der Lampe lag ein Löffel; an der Wand klebte Fleischsauce. Meine Lasagne. Ich war so stolz gewesen, ihr zu zeigen, wie ich die Lasagne zubereitete. Wie der Teig geknetet werden muß, bevor er dünn ausgewallt und in Rechtecke geschnitten wird. Ihre Fingernägel fuhren die Rillen entlang, sie zog die schmalen Streifen auseinander und glättete sie mit den Fingern. Sie stand ganz nahe neben mir, so daß ich ihr Haar riechen konnte. Sie sagte: »Du gehörst eigentlich nicht hierher, Triton.« Wo denn sonst? Ich gehörte nirgendwo sonst hin. Ich wußte nicht, was sie damit meinte. »Keiner von uns ist am richtigen Platz. Wir werden hier nie wirklich etwas ausrichten können«, sagte sie und berührte mit ihrer Hand mein Gesicht. »Wir sind bloß eine Karikatur von uns selbst.« Ihre Hand war weich und glänzte leicht ölig. Ich hätte sie küssen wollen. Ich spürte das Unmögliche in mir aufsteigen: Alles zu sein, nur nicht unsichtbar. Ich glaube, sie wußte es. Vielleicht hätte ich sie küssen sollen, egal, was für Folgen das gehabt hätte. Ich spürte, wie ich verblaßte. Sie fuhr über mein Gesicht, als wolle sie mich ausradieren. Meine Wangen waren gefühllos. Ich weiß nicht, was vor sich ging … Doch was es gewesen sein mag, es lief schief. Wenn es Götter gibt auf dieser Welt oder in der nächsten, laßt sie sich unser erbarmen und uns jeden Tag Kraft geben, weil wir sie jeden Tag brauchen. Tag für Tag. Es gibt kein Nachlassen. Nie. Nicht wirklich.

MISTER SALGADO WAR WIE GELÄHMT. Ich versuchte es mit allem, sogar mit Wildapfelcreme, doch er schien auf nichts Lust zu haben. Auf gar nichts. Nili war nirgends. Ich traute mich nicht, in ihrem Schlafzimmer nachzusehen.

»Wenigstens etwas Wasser, Sir. Die Sonne ...« Er rührte sich nicht. Er saß verloren, in sich selbst versunken da. Sein Kopf dampfte im hellichten Strahlen der späten Morgensonne, und die Luft um seine sitzende Gestalt kräuselte sich durch seine Körperwärme zu konzentrischen Schattenbildern, während er, Schauer um Schauer, zu einem dehydrierten Bündel schrumpfte.

Ich sammelte alle Teppiche und Vorleger ein und klopfte sie in der Auffahrt, bis alles in einen Staubsturm gehüllt war; ich bohnerte den Verandaboden und den Wohnzimmerboden, spänte mich mit Kokosnußfasern hin und her und auf und ab durchs ganze Haus. Ich schwemmte die Abläufe vor dem Schlafzimmer mit Desinfektionsmittel aus; ich stieg sogar aufs Dach, um die Rinne zu reinigen, und machte dabei möglichst viel Lärm, um die Bandikut-Ratten zu verscheuchen. Mister Salgado rührte sich nicht. Ich putzte das ganze Haus und tat so, als ob alles in bester Ordnung sei. Tat so, als sei es ein Morgen wie jeder andere, als ob es Mittag und Nachmittag werden würde, dann Abend und Nacht. Und nach dem Schlaf würde alles sein wie früher. Der nächste Tag würde Trost bringen und die Wunden lindern. Doch nein. Am Nachmittag erfuhr ich, daß Nili gegangen war. Sie war gegangen, als ich beim Einkaufen war. Sie hatte nicht einmal Lebewohl gesagt. Es war besser so. Es hätte mich zu sehr in Verlegenheit gebracht.

Die Tage vergingen. Schließlich tat ich so, als ob wir Besuch hätten, versuchte, sein Interesse für etwas zu wekken, was eintreten könnte. Ich öffnete das Tor und machte Geräusche, als ob Besucher einträfen. Ich ging im Haus herum und redete mit mir selbst, um vielleicht der dünnen Luft ein Gespräch zu entlocken. Doch auch wenn er mich hörte, er ließ sich nichts anmerken. Es war, als stünde er unter einem Bann. Im ganzen Haus war es finster.

Er schien auf diesem einen Sessel festgenagelt zu sein. Es war, als ob der Sessel die Form veränderte, um sich seiner reglosen Gestalt anzupassen. Die graziöse S-Linie der Rückenlehne schmiegte sich seiner langen Wirbelsäule an, doch das Geflecht war da und dort gerissen. Ein paar fransige lose Rohrfasern zitterten unter dem Sitz wie kleine metallene Federn. Er klappte die Schwenkarmlehnen aus, so daß sie sich, gespreizt und mit durchgedrückten Kniegelenken, um eine ganze Beinlänge verlängerten. Er legte die Füße darauf. Die Farbe seiner Haut hob sich kaum vom Holz des Stuhles ab. Sein Arm war wie ein zusätzliches Stück Holz: Ein runder Stab, der auf der Lehne ruhte. Ich wartete darauf, daß er in meine Richtung zeigte, mir ein Zeichen gab, sich mir entgegenstreckte.

»Sir, essen Sie doch etwas, selbst Bettelmönche essen«, flüsterte ich ihm bekümmert zu. »Nüsse? Honig und Sauermilch?« Ich stellte ein Tablett auf den kleinen Jackholztisch, damit er sich nach seinem eigenen Rhythmus bedienen konnte.

VESAK FAND IN JENEM JAHR kurz nach Nilis Weggang statt, eine Woche vor den Wahlen. Im richtigen Moment. Die Feier von Buddhas Geburt und seiner Erleuchtung – seiner Loslösung – war genau, was wir in unserem Haus brauchten. Ich beschloß, die größten *vesak-kudu*-Laternendolden aufzuhängen, die man in unserer holprigen Straße je gesehen hatte. Vielleicht würde uns das als Verdienst angerechnet. Der Erleuchtete wußte, daß wir das brauchten.

Ich machte mich auf dem Küchenvorplatz an die Arbeit. Mister Salgado nahm sich nicht die Mühe, nach hinten zu kommen, obwohl ich ihm meine Arbeit gern gezeigt hätte: Die komplizierte Kunst der Bambusverarbeitung, die Splintfasern, die Knoten, die Magie, dank der aus dem

Nichts eine bezaubernde Struktur aus lauter Sechsecken
entstand − seinen kostbaren Korallen ähnlich −, wie sie
miteinander verbunden zu einem Schwarm schwebender
Laternen wurden mit langen Kielspuren aus Gazebändern.
Ich verwendete weißen und buddhistengelben Stoff, Reiskleister und weißen Zwirn. Als die Dolde fertig war, tat
mir der Rücken weh, aber ich war glücklich.

Ich befestigte eine Seilschlaufe am großen Niaulibaum
vor dem Haus und zog die große Mutter mit ihren sechs
Babylaternen hoch; jede war mit einer Kerze erleuchtet.

»Sir, kommen Sie schauen«, rief ich, als sie oben waren.
Er kam. Er stand auf den Stufen und schaute hinauf. Das
Kerzenlicht fiel auf sein Gesicht. Ich zeigte auf die Luft-
schlangen-Kaskade. »Schauen Sie, wie lang sie sind.«

»Gut«, sagte er.

Später am Abend sah ich ihn zum Mond hinaufstarren,
der, wie ein runder Ball, hoch über den Tempelbäumen
seine Bahn zog. »Wenn wir nur die ganze Küste in einen
Nationalpark wie Yala verwandeln könnten. Ein Meeres-
reservat ohne eine lebende Seele. Ein richtiges Refugium.«
Er wandte sich um und schaute mich ernst an: »Ich kann
es sehen, weißt du? Wie im Traum. Ein Gemälde in meinem Kopf.«

»Sir?«

»Das Problem sind die vielen Menschen. Menschen, die
nur für das Heute leben. Das Morgen soll sich um sich
selbst kümmern … Als ob nichts zählte außer ihrer flüchtigen Leidenschaft.« Er senkte seine müden Lider. »Was man
lernen muß, ist, den Dingen ihren vorbestimmten Lauf zu
lassen, denke ich. Nicht zu kämpfen, um nichts.«

Am nächsten Morgen fragte ich, ob er einen Eierpunsch
zum Frühstück möchte, mein persönliches Rezept: Hoch-
landkaffee mit rohem Ei, Vanille und Brandy, mit heißer
Milch und Butter schaumig geschlagen, mit einem Zimt-

stengel durchgerührt und mit fein gemahlenem Muskat bestreut – nahrhaft und himmlisch.

»Nein.«

Ich machte den Eierpunsch trotzdem; ich würde ihn am späteren Morgen nochmals anbieten. Wenn er ein zweites Mal ablehnte, würde ich ihn selbst trinken.

DIE ALLGEMEINEN WAHLEN in jenem Monat führten zu einem Erdrutschsieg der Oppositionsparteien: eine gefährliche Koalition aus altmodischen Linken und neumodischen Nationalisten, die Gratisreis und eine neue Gesellschaft versprachen. Wir würden von der wirtschaftlichen Ausbeutung erlöst und von der Verderbnis des kolonialen Erbes befreit werden. Über die Gestaltung der Zukunft wurden heftige Debatten geführt: eine Epoche des Wassers, des Stroms, der Umsiedlungen und der von Politikern angeheizten übertriebenen Gebietsansprüche. Im Zuge der spastischen Veränderungen, die den Regierungsapparat schüttelten, wurde Dias in den tiefsten Süden versetzt. Er kam, um Mister Salgado die Nachricht mitzuteilen. »Es brodelt, Mann!«

»Wann gehst du?«

»Nächste Woche.« Er blies einen perfekten *Gold-Leaf*-Ring aus. »Sieht nicht gut aus für dein Korallenprojekt, was? Keine hochfliegenden Pläne mehr. Nur noch Volkskomitees. Das ist Dekret.«

Mister Salgado nickte. »Ich weiß. Die Leute denken, mit Dekreten ließen sich sogar die Ozeane beherrschen.«

»Dennoch, Ranjan, wir brauchen diesen Wechsel. Das Chaos hat zu lange gedauert. Bloß, daß ich nicht weiß, was ich in diesem neuen System verloren habe. Wo ich hineinpasse.« Dias rieb sich heftig mit beiden Händen die Augen. »Und was ist mit dir? Was hast du vor?«

»Ich weiß nicht.« Mister Salgado zuckte die Schultern. Er schwieg einen Moment, atmete dann tief ein und senkte den Kopf: »Weißt du, ich habe einen großen Fehler gemacht, einen riesengroßen Fehler.«

»Warum rufst du sie nicht einfach an? Unternimm doch etwas.«

»Ich kann nicht; ich weiß nicht, wo sie ist.«

»Im Hotel?«

»Nein, ich glaube, sie ist weggegangen.« Er schüttelte den Kopf. »Doch im Grunde will ich gar nicht …«

»Nur die Leute mit Geld gehen weg. Nach England, Australien. Die klassische Kapitalflucht.«

»Denen niemand nachtrauert, meinst du.«

Im verblassenden Licht sahen sie aus wie einst, vor langer Zeit, wie sie bei hochgezogenen Storen in unserem kühlen Gartenzimmer plauderten, doch an diesem Abend erfüllte kein Lachen die Leere zwischen ihren einsamen Worten.

VIELLEICHT WAREN NICHT NUR WIR ES; vielleicht veränderte sich die ganze Welt. Die folgenden paar Monate sah es aus, als ob Fehden, aufflammende Gewalt und Bruderkriege nicht nur in unseren kleinen Provinzen, sondern überall an der Tagesordnung seien: Belfast, Phnom Penh, Amman … Namen, die ich noch nie gehört hatte. Der *takarang tank* barst, die Auffahrt wurde überschwemmt. Mr. Pando bestückte seine Gartenmauer ringsum mit Stacheldraht, während seine Nachbarn im vorderen Teil des Gartens einen Wohnblock bauten, um die streitsüchtigen Familien ihrer Söhne und Töchter unterzubringen. Wegen der Grundstücksteuern und der neuen Bauvorschriften verschwanden die älteren Häuser eines nach dem andern. Selbst unser Haus, ich sah das kommen, würde eines Tages

weichen müssen und hinter fremden Betonfassaden unter-
gehen. Unsere Wände würden verfallen. Die ganze Geographie unserer Vergangenheit würde neu aufgebaut werden. Es war, als ob nichts bleiben durfte, wie es gewesen
war.

Eines Abends kam Mister Salgado in die Küche. Er
schaute sich um, als sei er ein Fremder. Er sah auf meine
Hände und sagte: »Ich habe versucht, mich an die *anguli-
maala*-Geschichte zu erinnern.

»Die Predigt?«

»Wie war das doch? Ist der Prinz wahnsinnig geworden
oder sonstwas?« Mister Salgado konnte offenbar nicht mehr
Schwein von Huhn unterscheiden. Er war immer noch
belemmert.

Anguli-maala ist die Geschichte von Prinz Ahimsaka dem
Sanftmütigen. Er war ein hochbegabter junger Mann, der
sich in einer von Neid erfüllten Welt seinem Studium
widmete. Es herrschten schlimme Zeiten. Die übrigen
Prinzen haßten ihn. Sie brachten häßliche Geschichten
über ihn in Umlauf und verbreiteten Gerüchte. Sie flüsterten seinen Lehrern zu, er habe eine Affäre mit der Frau des
Dekans. Der wütende Dekan beschloß, ihn zur Strafe in
eine von ihm geschaffene Hölle zu werfen. Dem Prinzen
wurde befohlen, zur Vervollkommnung seines Studiums in
die Welt hinauszugehen und eine Girlande aus tausend
blutenden kleinen Fingern zusammenzutragen. Heute vermute ich allerdings, daß es sich um tausend Penisse handelte, doch uns kleinen Jungen erzählte man, daß es sich um
Finger handelte, um kleine Finger. Der Prinz machte sich
also widerstrebend auf den Weg, den Befehl seines Lehrers
zu befolgen und durch die Ermordung oder Verstümmelung jedes Mannes, der ihm über den Weg lief, die ver-
sprochene Weisheit zu erlangen. Er schnitt ihm den kleinen Finger ab und fädelte eine Länge weißes Garn durch

das verstümmelte Fleisch. Manchmal schnitt er mit seinem Schwert bloß die Hand ab, manchmal den Kopf, zerstükkelte den Körper und behielt die Finger. Durch den Gehorsam gegenüber seinem Lehrer wurde der einst fromme Prinz zu einem Massenmörder, und mit der Zeit konnte er auf das tägliche Blutvergießen nicht mehr verzichten. »Ich kann nicht schlafen, ich bin nicht zufrieden, ehe ich nicht zehn kleine Finger abgehackt habe«, sagte er wie ein Feldherr zu den üblichen, sich um ihn scharenden Hofschranzen. »Ich brauche zum Atmen den Geruch von frischem Blut.« Als er schließlich neunhundertneunundneunzig zu einer Girlande aufgereihte Finger um den Hals trug, mußte er feststellen, daß die ersten Finger verwest waren und abfielen wie verschrumpelte Büschel violetter Bananen. Der Gestank kehrte einem den Magen. Die restlichen Finger schrumpften und verdorrten um seinen Hals. Manchmal träumte er, er esse die Finger, und wachte spuckend auf. Er mußte immer mehr töten, immer mehr, vermochte sein Ziel aber nie zu erreichen. Jedesmal, wenn er neue Finger auffädelte, fielen zehn alte ab. Doch er hörte nicht auf. Er sagte, er dürfe zum Wohle der Welt nicht aufhören, weil er ein weiser und gerechter König werden wolle und auf einem goldenen Thron sitzen. Die Leichen der Männer und Knaben, die aus ihren Familien verschwanden, die von ihm niedergemetzelt und ins Meer geworfen worden waren, wurden, aufgedunsen und entstellt, von der Flut an Land geschwemmt. Jeden Morgen strudelten sie zu Dutzenden in der Brandung. Die Fischer in den umliegenden Dörfern wurden zu Leichenbestattern. Die Stapel Toter, die sie verbrannten, waren größer als der angehäufte Fischfang. Manchmal begrub er die Toten in Massengräbern, doch das Meer grub sie wieder aus; der Sand war mit glitzerndem verwestem Fleisch übersät, an dem die Krähen herumpickten. Hin und wieder wurde ein

Körper identifiziert, was Geflüster auslöste, das von Mund zu Mund über die Dünenpfade bis an die Landstraße gelangte und dann von Baumwipfel zu Baumwipfel in alle Dörfer landauf, landab. Doch es löste keinen Aufschrei aus. Nur heimliches Kopfschütteln, Schadenfreude oder Grauen. Die Erde und der Sand, die Sonne und der Wind, das Meer und der schmutzigblaue Himmel verwischten zeitweise sowohl die Vergangenheit als auch die Zukunft vor den Augen der Welt, während das Morden und Verstümmeln weiterging, schneller, immer schneller. Eine Strafe für wen? grübelte ich damals, doch ich fragte nie. Gebannt vom kindlichen Zauber des Märchens, brachte ich keinen Ton heraus.

Mister Salgado hing an meinen Lippen wie ein kleiner Junge.

»Schließlich hörte Lord Buddha das Geflüster und ging selbst nachsehen, was mit dem einst so frommen Prinzen geschehen war. Und der Prinz, der sich in ein Monster verwandelt hatte, erkannte IHN und wurde sich des Irrtums seines Tuns bewußt …«

Ich kam an die Stelle in meiner Version, wo alles ein glückliches Ende nimmt und *anguli-maala* zu einem der meistverehrten Mönche aller Zeiten wird, dessen Gegenwart allein das Leiden der Menschwerdung erleichtert und das Leben mit Frieden erfüllt, aber Mister Salgado hatte sich abgewandt. Seine Schultern zuckten, er schüttelte sich wie ein Hund und verschwand in seinem Zimmer. Ich wußte es in jenem Moment nicht, doch am gleichen Morgen war ihm mitgeteilt worden, daß Dias verschwunden war. Der Bericht kam zum Schluß, daß er sich am Riff draußen ertränkt habe. »Stürmisches Meer« hieß es darin. Obwohl sich Dias – so wie ich ihn gekannt hatte – nie freiwillig hinausgewagt hätte, selbst wenn das Meer ruhig gewesen wäre.

Erst viel später in jener Nacht konnte sich Mister Salgado dazu überwinden, mir das Vorgefallene mitzuteilen. Seine Stimme war kaum hörbar. Ich konnte es nicht fassen, daß wir Dias nie mehr wiedersehen würden. Ich fühlte mich elend: Der Gedanke daran, wie er in den Wellen strudelte, die Fische, die durch sein zerfranstes Selbst flitzten. Das trübe Wasser.

GEGEN ENDE DES JAHRES wurde Mister Salgado von Rastlosigkeit gepackt. Er ging von Zimmer zu Zimmer, als suche er etwas, ohne es jemals zu finden. Niemand besuchte uns. Die alte Clique hatte sich aufgelöst. Nach Dias' Tod schien sich unser aller Leben unwiderruflich verändert zu haben. Doch ich spürte etwas in der Luft. Als seien wir im Wartezustand. Wassertretend.

Von Mister Salgados Plan hörte ich zum ersten Mal, als er zu mir kam und sagte: »Triton, wir gehen weg. Ins Ausland. Du mußt packen. Packe nur das Notwendige.« Es hörte sich ganz einfach an. Er erklärte, daß er eine Arbeit an einem Institut habe und nach England müsse. Sein Freund Professor Dunstable hatte irgendwie damit zu tun. Er sagte, ich solle mit ihm gehen. Nach England fliegen. Vielleicht würde ich dort die Möglichkeit haben, mich weiterzubilden, etwas zu lernen und auf eigenen Füßen zu stehen. Er meinte damit, daß wir unser Haus für immer verlassen würden. Es war offenbar für ihn der einzige Weg, sich aus der Dunkelheit zu befreien, die sich über ihn gelegt hatte. Über uns beide.

Ich verbrachte den größten Teil des Tages im Garten mit unseren Bäumen. Der alte Niaulibaum, die Tempelbäume, die Akazie. Doch schließlich tat ich – wie üblich – wie mir befohlen und packte unsere Siebensachen in Dutzende von duftenden Teekisten. Niemand sagte mir, was das Notwendige war. Wenn es nach mir gegangen wäre, hätten wir alles mitgenommen, doch Mister Salgado sagte, wir müßten uns beschränken. Ich fragte mich, wer wohl nach uns ins Haus ziehen würde. Was für eine Welt auf unseren Überbleibseln entstehen würde.

Bevor wir abreisten, zeigte mir Mister Salgado ein paar Fotos aus seinen Studienjahren in England: ein Schneemann mit einen Hut, ein Gedränge aus grauen Wintermänteln. »Es ist kalt dort«, warnte er. »Eis und Schnee.« Allein schon der Gedanke daran machte mich frösteln.

»O. K.«, sagte ich und streckte den Daumen in die Luft, wie ich es auf unserer Liberty-Breitleinwand bei richtigen Helden in ihren fliegenden Kisten gesehen hatte.

IV

Ufer

In London brachte uns Mister Salgado in einer Wohnung
ganz in der Nähe der Gloucester Road unter und nahm
gleich seine Arbeit am Institut auf. In den ersten Monaten
regnete es ununterbrochen. Das Wasser rann die Wände
hinunter und verdüsterte den winterlichen Himmel; es war,
als ob er die Bäume entkleidete und die Erde vor unserem
Fenster verschwinden ließe. Ich verbrachte fast den ganzen
Tag zu Hause vor dem Fernsehgerät. Mister Salgado hatte
nicht viel Zeit, mir überhaupt etwas zu zeigen. Wir gingen
nirgends hin. Erst im folgenden Frühling fuhren wir zu
einem kurzen Urlaub nach Wales, wo einer seiner Arbeits-
kollegen ein Cottage vermietete.

Am Fuße der Klippe in der Nähe des Häuschens lag ein
Kieselstrand. Wenn sich die Flut zurückzog, ging der Grus
in schlammigen Sand über, und das Strandgut einer neuen
Welt kam zum Vorschein: Irisches Moos, Schirmquallen,
Seetang, Messerscheiden, Herzmuscheln, Schildseeigel und
runde Kunststoffscheiben, tote Seeigel und blaue Nylon-
seile. Wenn ich am Abend den Pfad aus violettem Venus-
muscheln- und grauem Kinkhornschneckensand entlang
ging, hörte ich die Seevögel kreischen, die klagenden Rufe
der Kormorane und der Silbermöwen, unendlich traurig
wie unser beider entwurzeltes, überschattetes Leben. Dann
löste sich die nördliche Sonne in einem Regenbogen auf,
und der Himmel über der Raffinerie auf der anderen Seite
der Mündung glühte in einem flammenden Sonnenuntergang. Zartblaue und rosafarbene Erdölschwaden hingen in
der Luft, lieblich wie der Wendekreis des Steinbocks vor

185

unserer korallengesäumten Südküste zu Hause. Das Meer schimmerte zwischen den schwarzen, entenmuschelüberzogenen Buckeln, an denen goldene Blasentangschollen klebten – Buckel wie gestrandete Wale, die sich zu einem Riesenungeheuer verdichteten, das schnupfend und gurgelnd auf das Festland zukroch. Der Himmel rötete sich, die Erde rötete sich, das Meer rötete sich. In den einsamen Wasserinselchen auf den pockennarbigen Klippen vergruben sich gesprenkelte Einsiedlerkrebse und gummige rote Seeanemonen; Napfschnecken und Uferschnecken und blubberndes Seegras klammerten sich vor der Flut fest. Winzige pelzige Zungen blinkerten aus ihren blinzelnden Schalen, lauerten auf den kleinsten Lichtschimmer im strudelnden kalten Wasser.

Ich fragte Mister Salgado: »Fließen alle Ozeane ineinander? Ist dies das gleiche Meer wie bei uns zu Hause?«

»Vielleicht.« Er zuckte die Achseln. »Die Erde dreht sich seit Anbeginn der Zeiten mit ihren dazugehörigen Sternen unter einem herrlichen blauen Mantel. Nun, da die Korallen verschwinden, wird nichts anderes übrigbleiben als das Meer, wohin wir zurückkehren werden.«

Das Meer in unseren Lenden. Eine Träne als Insel. Ein kleines, blaues, sich drehendes Sphäroid als Planet. Salz. Eine Wunde.

Zu Hause brachen in jenem April 1971 die ersten Aufstände aus und arteten in einer Raserei aus Schüssen und Explosionen aus. Horden junger indoktrinierter Guerillas durchstreiften Dörfer und Städte und steckten in einem endlosen Saubannerzug ihre Grenzen ab. Tausende wurden im Zuge der Vergeltungsmaßnahmen umgebracht. Das Herz einer ganzen Generation war für immer gebrandmarkt. »Unsere Zivilisation ist unendlich fragil«, sagte Mister Salgado, während er die jüngsten Berichte über die entsetzlichen Enthauptungen an den Stränden las. Doch das waren nur die Vorboten einer unglaublichen Brutalität, die, Welle um Welle, in den nächsten Jahrzehnten noch folgen würde. Ein erstickendes Inferno, brennende Halsreifen, flammende Feuerringe. Das Reich des Grauens. Entführungen, Verschleppungen und ideologische Verbrechen: ein eiternder Bürgerkrieg. Die Leichen strudelten immer und immer wieder in der Brandung, zu Dutzenden von der Flut an Land geschwemmt. Das Leben von Brüdern, Schwestern, Männern und Frauen, Liebenden, Vätern und Müttern und Kindern würde für immer ausgelöscht werden, unbekannt und vergessen.

Als wir zusammen zum Schafshügel hinaufspazierten, sagte er bloß: »Sie könnte hier sein, weißt du? Pilze sammeln im feuchten Unterholz oder Knoten in das hohe Gras knüpfen.« Er klammerte sich an meinen Arm und schritt über die Tümpel auf den zinnfarbenen Felsen. »Siehst du die tränenden Farne zwischen dem Heidekraut? Hier weint selbst der Wind.«

In unserem viktorianischen Londoner Zuhause setzte ich eine Packung kleiner, blaßgrüner Knüllbohnen auf, die ich sechs Stunden in kaltem Wasser eingeweicht hatte. Ich wartete auf einen oder zwei seiner nachdenklichen Sätze, um die Tage voneinander unterscheiden zu können.

Seine Arbeit am Institut erwies sich als von kurzer Dauer. »Ein weiteres Land, dem das Geld ausgeht«, sagte er und zog sich mit zusammengepreßten Lippen nur noch mehr in seine verbitterte Schweigsamkeit zurück. Als er zu Hause seinen Mitarbeitern hatte mitteilen müssen, daß das Südküstenprojekt abgebrochen wurde, war Wijetunga außer sich geraten. Er hatte gedroht, den Bungalow in die Luft zu jagen. »Wir schaffen es«, hatte er gebrüllt und die Faust in der Luft geschwenkt. *Kein Aufruhr, boyo.* Doch hier, als die Reihe an ihm war, nahm Mister Salgado die Nachricht wie einen weiteren Wechselfall des Lebens auf.

Er fand durch Vermittlung einer lokalen Schulbehörde eine neue, bescheidenere Arbeit. »Nicht das, was du jeden Tag machst, zählt, sondern was in deinem Kopf vor sich geht. Das ist es, was letztendlich die Summe deines Lebens ausmacht«, sagte er und tippte sich dabei mit dem Finger an den Kopf. Ich schaltete die Gasheizung in unserem Wohnzimmer ein und holte das Bier.

»Und warum sind wir dann nach England gekommen?« fragte ich. »Wie Flüchtlinge?«

»Um zu sehen und zu lernen«, antwortete er. Er schob die Vorhänge einen Spaltbreit auf die Seite und betrachtete eine Reihe eng nebeneinander stehender, gestutzter Bäume. »Erinnerst du dich?«

Sind wir nicht alle irgendwie Flüchtlinge? Ob wir bleiben oder gehen oder zurückkehren, wir brauchen alle hin und wieder eine Zuflucht in greifbarer Nähe. Als mich eine Frau in einem Pub fragte: »Kommst du aus Afrika? Vor diesem bösen Amin geflüchtet?«, antwortete ich: »Nein, ich bin Forscher auf einer Entdeckungsreise.« So hätte mein Mister Salgado geantwortet, stellte ich mir vor. Der Rauch war dicht und lag schwer wie eine Hefewolke über allem. Sie lachte und berührte meinen Arm und rückte im Schummerlicht näher. Ein warmer Shetlandpullover. Eine etwas schlaffe, aber anschmiegsame Haut und Patschuli hinter den Ohren. Ich lernte mit der Zeit, daß die Geschichte der Menschheit immer die Geschichte der Diaspora eines einzelnen ist: Ein Kampf zwischen jenen, die ausweisen, zurückschlagen oder ausrotten – besitze, teile und herrsche –, und jenen, die Nacht für Nacht die Flamme wachhalten, von Mund zu Mund und mit jedem Zungenschlag die Welt erweitern.

Im Mai holte ich jeweils unsere Sommerkleider mit ihren vergangenen Etiketten hervor – *Batik Boutique, CoolMan of Colpetty* – und füllte die Gewürzregale in der

Speisekammer auf. Ich versuchte mir vorzustellen, wo ich –
und er – im kommenden Winter sein würden, wenn an
Weihnachten vielleicht Schnee fiel und in den Küchen der
Nachbarn Norfolk-Truthähne brutzelten. Wir zogen
kurzfristig in ein anderes Haus um. Mister Salgados Haar
ergraute von den Schläfen aufwärts, und er trug nun eine
getönte Brille. Schließlich – 1976 war das – sagte er, es sei
an der Zeit, sich endgültig niederzulassen. Er kaufte eine
Maisonette in Earls Court. Im Garten stand ein Magnolien-
baum. Wir lernten, stumm in großen braunen Sesseln zu
sitzen und die milchigen, zu Boden schwebenden Blütenblätter zu betrachten, während irgendwo in Wiltshire die
rote Sonne unterging.

Ich las im Laufe der Jahre Mister Salgados sämtliche
Bücher, eines nach dem andern. Es müssen schließlich an
die tausend Bücher gewesen sein im Wohnzimmer. Jedes
eine Tür, die zu einem mir unbekannten Ort führte. Und
selbst als ich alle gelesen hatte, entdeckte ich jedesmal,
wenn ich darin blätterte, etwas Neues. Ein Spiel aus Licht
und Schatten. Etwas, was aus einer Geschichte, die ich aus-
wendig kannte, hinein und hinaus flatterte. Jede Woche
kamen neue Bücher hinzu. Nachdem ich jahrelang den
Spuren seiner Bücher gefolgt war, wußte ich instinktiv,
wohin er die Neuankömmlinge stellen würde – als ob wir
beide unsere persönlichen inneren Regale zu einem gemeinsamen Rahmen gefügt hätten aus den Werken, die
wir unabhängig voneinander während unserer gemeinsamen
Zeit gelesen hatten. Wir sprachen nie darüber, doch ich
bin sicher, daß er eine Art Lehrplan für mich zusammen-
stellte, dem ich spontan folgen würde. Er ließ bestimmte
Bücher an bestimmten Stellen liegen: Auf dem Klopa-
pierhalter oder auf einem Stapel Kleider oder gefährlich auf
der Tischkante schwebend mit einer Teetasse darauf, wußte
er doch genau, daß ich sie abräumen und dabei in das

Buch eintauchen und davon gefangen sein würde: *The Wishing Well, Ginipettiya, The Island*. Ich bin sicher, daß er mich dazu bringen wollte, diese Bücher zu lesen. Ich weiß jedoch nicht, ob er wußte, daß ich alle seine anderen Bücher ebenfalls las. Alle die zwischen zwei Pappdeckeln eingesperrten, dennoch grenzenlosen Wirklichkeiten.

In den langen Jahren, die wir zusammen in London verbrachten, besuchte ich Tag und Nacht Kurse und andere Bibliotheken, brach alle alten Tabus und befreite mich nach und nach von den Dämonen unserer Vergangenheit: Was vorbei ist, ist für immer vorbei, dachte ich.

»Warum herrscht hier viel weniger Angst?« fragte ich ihn. »Sogar in der dunkelsten Nacht.«

»Weil du es so sehen willst«, sagte er. »Ist noch nicht vergiftet, dieses Land.« Als ob wir beide eine innere Schwelle hätten, die überwunden werden mußte, bevor unsere Umgebung uns quälen konnte.

Eines Tages zeigte ich ihm einen Zeitungsbericht über ein Symposium zum Thema Mensch und Korallen. »Sie hätten daran teilnehmen sollen«, sagte ich. »Den Vorsitz führen.«

Er blickte sehnsüchtig. »Früher war es wie eine Besessenheit, weißt du?«

»Inzwischen teilen andere überall auf der Welt die gleiche Besessenheit ...«

»Du erinnerst dich doch, ein einziger großer Ozean, ja? Die Fragmente eines Geistes fließen in einen anderen. Der gleiche kleine Polyp läßt den Gedanken in einem anderen Kopf keimen.« Er lächelte und fuhr mir über den Kopf. »Weißt du, bei diesen Konferenzen trifft man eine Menge Leute, die mittlerweile die Dinge anders angehen. Schleppen eine Unmenge schweres Material mit. Sonnenöl. Sauerstoffflaschen. Sie beschäftigen sich nur mit dem Wie, nicht mit dem Warum. Ich gehöre endgültig einer anderen

Welt an. Selbst Darwin hat mehr Zeit damit verbracht, auf seinem Schreibtisch nach der Feder zu suchen, als auf dem Meeresgrund zu forschen. Er stützte sich auf Berichte, Behauptungen, Klatsch. Ein Ankertau. Er wandte den Blick nach innen. Im Geist haben wir im selben Meer geschwommen. Verstehst du? In einer Phantasiewelt.«

Das einzige Mal, wo ich zu Mister Salgados wirklichem Riff hinausgeschwommen war, an unserem Strand damals, war ich über die wuchernde Pracht erschrocken. Das seichte Wasser brodelte vor Lebewesen. Aufblitzende Augen, wirbelnde Schwänze, flitzende und im Sand wühlende Fische in hunderterlei Farben, Seeschlangen, Meerschnekken, überall sprießende Fangarme, die nach einem griffen. Es war ein Dschungel aus irisierenden, sich windenden und sich räkelnden und verrenkenden Formen, die sich bei jeder Bewegung in die Höhe oder Breite dehnten, sich schattenhaft im Unbekannten abzeichneten und erschreckend waren in ihrer verborgenen Herrlichkeit. Überwältigt von dieser Urwelt, wurde ich langsam gewahr, daß alles fortwährend damit beschäftigt war, seinen Nächsten zu verschlingen. Ich schwamm in einem Meer aus Lauten; mein heiserer Atem war plötzlich von Schnalzen und Klappern untermalt, vom Knabbern der Fische, die sich an den weißen Spitzen der goldenen Steinkorallen gütlich taten. Sogar meine Fingerspitzen schienen vor meinen Augen zu bleichen wie die Korallenzweige, während Drückerfische, Schmetterlingsfische, Tigerfische, Kugelfische, Neongrundeln und Kofferfische mich ewig hungrig umschwärmten.

Mister Salgado schüttelte den Kopf. »Ich hätte allein weitermachen müssen. Ich sagte mir immer, daß ich in einem oder zwei Monaten, nächstes Jahr die Möglichkeit haben würde, die ganze Bucht in ein Reservat zu verwandeln. In einen Unterwasserpark. Ich sah es im Kopf deutlich vor mir: den Landungssteg, einen sicheren Anlegesteg für kleine Schiffe mit blauem Glasboden, ein paar Auslegerboote mit roten Segeln ... ja und dann ein schwimmendes Restaurant draußen an der Mole. Du hättest deine köstlichen Chili-Krabben kochen können, was meinst du? Und die besten gefüllten Seegurken. Kannst du dir das vorstellen? Eine Reihe silberner Terrinen mit roten Krabbenzangen in einer Sauce aus schwarzen Bohnen, gelber Reis und Tintenfisch in Rotwein, ein gebratener Rötling so dick wie dein Arm, Haifischflossen und fritiertes Seegras. Eine Gastronomiehochburg wäre das geworden. Wunderbar, nicht? Ich stellte mir das Ganze als einen Ring vor, eine kreisförmige Plattform mit dem Meer in der Mitte. Wir hätten eine Zucht für die Küche anlegen können und eine Aufzucht für die Rettung seltener Gattungen. Ein Zentrum für das Studium unserer Prähistorie. Wir hätten damals der Welt etwas zeigen können, etwas absolut Einmaliges. Was für ein Jammer ...«

»Das könnten wir doch auch hier«, sagte ich. »Eröffnen wir doch ein Restaurant, hier in London.«

»Das überlasse ich dir«, sagte er. »Eines Tages, auf eigene Faust.«

Ungefähr zu jenem Zeitpunkt kaufte er den roten Volkswagen und lehrte mich fahren. Wir fuhren kreuz und quer durch ganz England. Wir tankten am Sonntagmorgen und legten Meilen zurück, besuchten jedes historische Gebäude, jeden Garten, Park und jedes Museum. »Cook's Tour – Herr und Koch auf Reisen« nannte er, glücklich lächelnd, unsere Tagesausflüge. Unterwegs erklärte er mir den Ursprung jedes Kunstwerks. »Das Bedürfnis zu bauen, die Natur umzuwandeln, aus nichts etwas zu machen, ist universal. Zu bewahren jedoch, zu beschützen, mit der Vergangenheit sorgfältig umzugehen, das müssen wir noch lernen«, sagte er.

An einem nassen, kalten Nachmittag entdeckten wir auf dem Rückweg eine kleine Snackbar am Ende unserer Straße, die zu verkaufen war. »Das ist die Gelegenheit«, sagte Mister Salgado. »Greif zu!« Er investierte seine letzten Ersparnisse. Ich strich das Lokal in den Farben unseres Tropenmeeres. Kaufte ein paar Korbstühle und eine Schiefertafel für das Menü. Ich hängte draußen bunte Lämpchen auf und drinnen Kübellampen. Es konnte losgehen. Mister Salgado strahlte.

Dann, im Sommer 1983, eskalierte in Colombo die Randale. Wir sahen Bilder von jungen Burschen wie ich, die besinnungslos alles zerstörten, was vielleicht einst unsere Hauptstraße gewesen war. Die überhandnehmenden Gewalttätigkeiten beherrschten wochenlang, Abend für Abend, die Fernsehnachrichten. Man hatte so etwas noch nie erlebt: Die ersten Scharmützel, bei denen Bücher verbrannt wurden, waren nicht annähernd so gewalttätig gewesen. Selbst während der Aufstände von 1971 waren die Nachrichten nur sporadisch herübergeweht. Doch diesmal flimmerten die Bilder von Greueltaten, vom Anfang eines Krieges weltweit *live* über die Bildschirme. Ich erinnerte mich an meinen eifrigen Dorfschullehrer: an sein wackliges schwarzes Fahrrad mit dem rostzerfressenen Kettenkasten, an das Schulheft, das er immer mit sich herumtrug, und an seinen schwarzen Schirm, der im warmen Regen aufblühte. Ich hatte ihn eines Tages im Graben am Rande unseres Reisfeldes gefunden – in jenem unruhigen Monat, der mit meinem Einzug in Mister Salgados Haus geendet hatte. Beide Beine waren ihm von einer Horde älterer Jungen gebrochen worden, die jeweils in einer Hütte auf dem Schulhof Slogans einer untergehenden Welt grölten.

Ende Sommer rief eines Tages Tippy aus heiterem Himmel Mister Salgado an. Er war in irgendwelchen Geschäften nach New York unterwegs und hatte in Heathrow zwischenlanden müssen. Er habe unsere Nummer vom Auskunftsdienst. Tippy wußte sich überall auf der Welt zu helfen. Er sagte, zu Hause herrsche Krieg. »Die Hölle ist los.« Er erzählte von politischen Gaunereien und vom vielen Geld, das sich wie immer in solchen Zeiten verdienen ließ, wenn man im richtigen Moment an der richtigen Stelle war. »Viel Kohle, Junge«, sagte er. »Verdammt viel Kohle.« Ganz am Schluß erwähnte er noch Nili. Er sagte, sie sei in einem Sanatorium an der Straße nach Galle. Sie sei allein. Die Geschichte mit Robert sei kurz nach unserer Abreise aus gewesen: Er sei in die Staaten zurückgekehrt, sie habe sich schließlich selbständig gemacht – eine Fremdenpension. Es habe sich gut angelassen. Doch während der Ausschreitungen im Sommer habe der Mob einen Hinweis bekommen, daß Danton Chidambaram und eine weitere tamilische Familie bei Nili untergeschlüpft seien. Ihre Häuser waren niedergebrannt worden. Nili hatte die zwei Familien im oberen Stockwerk versteckt und hatte die Halunken, die nach ihnen suchten, zum Teufel gejagt. Am nächsten Tag war der Mob mit Kerosinkanistern gekommen und hatte das Haus in Brand gesetzt, während auf der Straße wild getanzt wurde. Nili hatte durchgedreht. »Sie steckt in Schwierigkeiten, Mann. Hoffnungslos. Du weißt, wie das ist, *machang*, hat sich selbst aufgegeben. Sie hat niemand, keinen Menschen.«

Mister Salgado legte auf und preßte die Finger an die Schläfen. Er wiederholte, was Tippy am Telefon gesagt hatte. Er sagte, er müsse zu ihr. »Ich muß zurück.«

Als sie mir einmal beim Kochen zuschaute, hatte ich sie nach ihrer Meinung zu einem Gericht gefragt. Sie hatte die Achsel gezuckt und gesagt: »Du bist nun der Herr, der Herr der Küche.« Ich erwähnte das meinem Mister Salgado gegenüber nicht. Statt dessen sagte ich: »Es sind so viele

Jahre her. So vieles ist geschehen.« Ich versuchte, meine Stimme dem Tonfall seiner Stimme anzupassen – wie ich es schon immer gern getan hätte. Aber ich wußte, daß ich ihn nicht würde zurückhalten können. Ich durfte es nicht.

»Weißt du, Triton«, sagte er schließlich, »wir sind nur das, woran wir uns erinnern, sonst nichts. Das einzige, was wir besitzen, ist das Bewußtsein dessen, was wir getan oder nicht getan haben; dessen, was wir vielleicht berührt haben, auch nur einen kurzen Augenblick ...« Um seine Augen waren dunkle, geschwollene, faltige Ringe. Ich wußte, daß er mich verlassen und nie mehr zurückkehren würde. Ich würde zurückbleiben und endlich lernen müssen, mein Leben selbst in die Hand zu nehmen. Erst jetzt dämmerte mir, daß ich mir dies tief in mir drin schon immer gewünscht hatte. Die Nächte würden lang sein in der Snackbar in Earls Court mit der Schlange ramponierter kosmopolitischer Heimatloser davor. Das waren nun die Menschen, um die ich mich würde kümmern müssen. Mein Leben würde ein Traum aus Moschusmähnen, rauchigen Bars und grellen Neonaugen sein. Ich würde lernen zu plaudern und Witze zu erzählen und die Leute zu unterhalten, das Können eines Mannes zu vervollkommnen, der seine Berufung gefunden hat und endlich einen Ort sein eigen nennen kann. Aus der Snackbar würde eines Tages ein Restaurant werden und ich zu einem Restaurantbesitzer. Es war der einzige Weg zum Erfolg: ohne Vergangenheit, ohne Name, ohne Ranjan Salgado an meiner Seite. An einem frischen wolkenlosen Sonntagmorgen fuhr ich ihn zum Flughafen. Als er am Check-in-Schalter seinen Fahrschein suchte, kamen ihm seine Reserveschlüssel in die Hand. »Da, nimm lieber du sie«, sagte er und übergab sie mir. Ein paar Stunden später flog er davon, einem Fünkchen Hoffnung in einem weitentfernten Haus des Leidens entgegen.

Worterklärungen

amma	Mutter, Mama, alte Frau
aney	schade
anguli-maala	(wörtlich Gliederkette) Zuname von Prinz Ahimsaka
appo	(eigtl. Vater) bekräftigender Ausruf
Arrak (Arak)	Branntwein (aus Toddy), Kokosschnaps
aiyo	schade
baas-unnaha	Zimmermann
bali	Opferritual
banyan	weites Hemd, Oberhemd
batagoya	Reisgericht
beedi	aus aromatisierten Blättern gerollte Zigarette
bhikku	buddhistischer Mönch
Bo-Baum	*(Ficus religiosa)* Ableger des Baumes, unter dem Buddha die Erleuchtung erlangte
boyo	walisisch für Boy
bulbul	Bülbül, Blattvogel *(Chloropsis jerdoni)*
candiya	Schuft, Halunke
chappal	indische Zehensandale
del	Brotfruchtbaum
devatara, deviya	(sitzende) Gottheit, Himmelswesen
devilled eggs	hartgekochte Eier mit einer Mischung aus Eigelb, Tabasco und Pfeffer gefüllt; gelten als potenzsteigernd
Ein Tag in Titipu	Operette von Arthur Sullivan *(The Mikado)*

Galle	Stadt an der Südküste Sri Lankas
Galle Face Green	»Hydepark« Colombos
ganja	Haschisch
gombass	einfältiger Handwerker, Tölpel
guru, guruvaraya	Lehrer, Meister
hamudurova	buddhistischer Mönch
Ivy-Leaguer	Absolvent einer der acht berühmten Elite-Universitäten (der »Ivy League«) in Neuengland
jamanaran-mandarin	Djambu, Javapflaume *(Eugenia jambolana)*; ihren Kernen wird eine berauschende Wirkung zugeschrieben
Jambaum	Akazie *(Acacia acuminata)*
kadé	Verkaufsbude, Kiosk
kasippu-Taverne	Taverne, wo Branntwein ausgeschenkt wird
kolla	Junge, Boy
kukul-kakul	(Hühnerfuß), exotischer Modetanz in den 60er Jahren
love-cake	Art Pudding mit sehr vielen Eiern
machang	Schwager, Freund
mahatmaya	Herr (Meister)
Mantra	Silbe oder Folge von Silben mit kosmischen Kräften
mora	Haifisch
muhuda	Meer
mynah	alle Starenarten
Niaulibaum	*(Melaleuca)*, Weißbaum
nona	Frau (Hausherrin)
ola-Blatt	getrocknetes, präpariertes Palmblatt mit alter Inschrift
padura	(geflochtene) Matte
palam	Waffel
peon	Hilfsarbeiter

Pettah	ältestes Stadtviertel von Colombo mit berühmtem Markt
pittu	gedämpfte Mischung aus Reismehl, Kokosnuß und Wasser
poddak	ein bißchen
pol-kiri-badun	gebratenes Kokosnußgericht
poya–Tage	buddhistische Feiertage, die den Mondphasen entsprechen und die mit besonderen Ritualen zelebriert werden
pukka	gut, erstklassig, abgemacht, wirklich
puppadums	pergamentdünne, knusprige Fladen aus gepfeffertem Linsenmehl, in heißem Öl ausgebacken
salaleena	Goldohr-Arassari *(Selenidera maculirostris)*
sambol	scharfe Gewürzpaste
SLFP	Sri Lanka Freedom Party, Partei Bandaranaikes (sozialistisch ausgerichtet)
string-hoppers	ausgebackene Reisnudelnester
SWRD	S.W.R.D. Bandaranaike, der im September 1959 im Auftrag eines einflußreichen *bhikkus* ermordete Ministerpräsident Sri Lankas, Mann der späteren Ministerpräsidentin
tanks	künstliche Weiher bzw. Seen zur Bewässerung der Felder; *takarang tank*: Zinktank bzw. Mini-Tank so groß wie eine Büchse
temperadu	Fischgericht
thosai	Reismehlkuchen
Tigers	die tamilische Separatistengruppe »Liberation Tigers« (Befreiungstiger)

Toddy	Palmwein, aus dem Arrak gebrannt wird
vesak	buddhistischer Feiertag zum Gedenken an Siddharta Gautamas (Buddhas) Geburt
yaka	Dämon, Teufel
Yala	Nationalpark (Ruhuna Park) im Südosten Sri Lankas
Zeros	berüchtigte Ein-Mann-Kampf-flugzeuge der Japaner im Zweiten Weltkrieg

Sylvia Townsend Warner im Unionsverlag

Mister Fortunes letztes Paradies

Mister Fortune, britischer Buchhalter und spätberufener Missionar,
wagt sein erstes Abenteuer. Er läßt sich, als einziger Weißer, auf der
Pazifikinsel Fanua nieder, um den armen Wilden die christliche
Botschaft zu bringen.
Doch ein listiger Dämon, unsichtbar, aber allgegenwärtig, stellt sich
ihm in den Weg, um die paradiesische Insel und ihre Bewohner
im Urzustand zu erhalten.
Nach drei Jahren in seinem Inselparadies erkennt Hochwürden,
daß seine Form der Menschenliebe nur den Seelenfrieden zerstört.
Eine einzige Bekehrung ist ihm gelungen. Als der Einbaum von der
Insel abstößt und ihn wieder in die Zivilisation heimführt, blickt
auch der Leser wehmütig zu der am Horizont verschwindenden Insel
zurück.

Abenteuerroman, theologische Satire und pazifisches Märchen –
dieser Roman leuchtet in den Farben von Gauguins Bildern. Er
entstand in den Jahren, als die europäischen Weltreiche unantastbar
schienen und der Siegeszug westlicher Lebensart unangefochten und
unaufhaltsam. Verspielt nimmt er vorweg, was unsere Generation
als Zerstörung und Versagen vor dem Reichtum fremder Kultur
erkannt hat.

»Man kann Miss Warner nicht genug danken dafür, daß sie das
alchimistische Geheimnis entdeckt hat, wie man die Vergangenheit,
das Mögliche und manchmal das Unmögliche in reines Gold
verwandelt.« *The Observer*

Bestellen Sie unseren kostenlosen Verlagsprospekt:
Unionsverlag, Rieterstrasse 18, CH-8059 Zürich